A₁

Ánchel Conte

CIERZO

Traduit de l'espagnol par Hélène Michoux

Éditions de la ramonda

Ce livre a paru en langue aragonaise sous le titre original:
Aguardando lo zierzo
puis dans une version en espagnol écrite par l'auteur, sous le titre:

Esperando el cierzo

aux éditions Xordica (Xordica Editorial), en 2002 pour l'édition originale en aragonais, en 2007 pour l'édition originale en castillan.

La traduction a été effectuée à partir du texte castillan en consultant parallèlement le texte aragonais.

© Éditions de la ramonda, 3, allée Marie Laurent, 75020 Paris, pour l'édition en français.

ISBN : 978-2-916306-08-7
laramonda@wanadoo.fr

À tous ceux qui, contre leur gré, sont morts loin de la terre qui les vit naître.

EN GUISE D'INTRODUCTION À LA TRADUCTION FRANÇAISE

Le roman que vous avez entre les mains ne prétend pas être un traité d'histoire ni même un roman historique dans le sens strict du terme; c'est un roman de sentiments, d'exil, de terres et de paysages ayant pour toile de fond le XVIe et le XVIIe siècle et néanmoins intemporel pour l'essentiel, les êtres humains n'ont pas tellement changé au fil du temps. Des faits comme ceux que vous allez trouver ici surviennent encore de nos jours. Il est toutefois peut-être opportun d'esquisser le cadre historique de l'intrigue afin que celui qui s'intéresse au roman en lui-même puisse mieux comprendre le monde qu'il reflète. Même en exil, l'héroïne vit à Huesca jusqu'à ses derniers jours; cette ville, son ambiance et le paysage qui l'entoure accompagnent María de Marguán toute sa vie. Membre de la minorité morisque, elle se verra forcée à l'exil par un ordre royal. Les morisques ou nouveaux chrétiens étaient les descendants des musulmans − ceux que l'on appelle aujourd'hui mudéjars − qui depuis la fin du XIe siècle, après la reconquête de la ville par le roi Pierre Ier d'Aragon jusqu'en 1526, jouirent de la liberté de culte, fondèrent leur vie sur une législation fondamentalement inspirée par la sunna et la charia, gardèrent leurs propres fonctionnaires et jouirent également d'autonomie économique, dépendant directement des rois; c'était ce que nous connaissons sous le nom *d'aljama real* (communauté dépendante du roi). Même les fréquentes attaques de l'Église ou du conseil ne purent les empêcher de conserver leurs spécificités. Cependant, à partir du baptême forcé de 1526 ordonné par Charles Quint, ils perdirent leurs libertés et devinrent, au moins officiellement, des habitants de Huesca parmi d'autres. Ce baptême ne modifia pas leur activité économique, essentiellement fondée sur l'artisanat du métal et du cuir et sur la céramique et la poterie, bien qu'il ne manquât pas de riches marchands ni de prêteurs sur gages dont la richesse était comparable à celle des plus puissantes familles de vieux chrétiens. La coexistence, en apparence pacifique, entre le groupe majoritaire et les morisques commence à se dégrader aux alentours de 1570 lorsque, à la suite du soulèvement des morisques de Grenade, Philippe II commence à voir en chaque nouveau chrétien un danger, autant politique que moral, pour l'État. On les accuse d'être des pervers, des traîtres, de faux chrétiens, des conspirateurs contre la monarchie de connivence avec les Turcs et les luthériens français. L'Inquisition attaque alors et détruit les plus puissantes familles morisques d'Aragon; préambule de leur expulsion que Philippe III acheva entre 1609 et 1614 dans tous les royaumes constituant l'Espagne. C'est dans ce cadre de harcèlement et de persécution que se déroule ce roman, qui se veut un plaidoyer contre le fanatisme et l'intransigeance.

Ánchel Conte

I COMPTE À REBOURS

Il me faudrait beaucoup réfléchir avant de démêler l'enche-
vêtrement de souvenirs qui m'apparaissent dès que je ferme
les yeux et même en ne les fermant qu'à demi, ajustant
les paupières pour ne laisser passer, par une toute petite
ouverture, qu'une illusion lumineuse sans rien de concret,
sans images, sans visages, rien, juste une tache de lumière
dans l'obscurité où je m'enfonce lorsque je ferme la fenêtre
pour que le bruit de la mer, ce mugissement que je déteste,
ne puisse me dire à chaque ressac que je suis là où je suis, à
des milliers de lieues de chez moi, à je ne sais combien de
jours et combien de nuits de route par la terre et presque
autant par la mer, seule, une femme dans la solitude absolue,
contre mille ennemis potentiels et réels, avant d'échouer ici,
dans cette ville où personne ne me traite de pute maure
fille de Satan, où j'ai retrouvé mon nom, le vrai disent-ils
– mais qu'importe que ce soit María ou Mariame –, où
je pourrais être fidèle à la loi religieuse séculaire de notre
famille bien que pour moi une religion ou une autre, ça
revienne au même; si Dieu existe – après tant de malheurs

ni dans les cieux eux-mêmes je ne place la moindre parcelle de foi – rien, pas même l'espoir d'une probable justice divine ne peut me dédommager de tant de choses perdues, enterrées à jamais... Non, ici je ne suis ni pute maure ni fille de Satan ni sang maudit de Mahomet, ici je suis renégate et pute espagnole; moi qui ai toujours considéré l'Aragon comme ma patrie, on a fait de moi une étrangère dans ma propre maison et ici je suis pute espagnole, étrangère aussi dans une maison étrangère, parce que cette maison n'est pas la mienne, elle m'est prêtée et cette odeur d'air saumâtre qui vient du nord et apporte le va-et-vient des vagues est la preuve que je suis loin de chez moi, si loin, tellement perdue dans le sud, sans chemin par lequel rentrer, de l'eau, de l'eau entre ici et là-bas et soixante ans qui en pèsent mille m'enchaînant à cette terre, une terre où je n'ai pu m'enraciner, bien qu'en vérité je n'aie pas voulu et on ne m'a pas laissée non plus, renégate, renégate... et la maudite mer qui allonge les distances, chaque vague qui se brise me parvient comme un coup de cloche annonçant une mort à laquelle j'aspire, mais non, je dois demeurer ici et tâcher d'être sourde au roulis constant des vagues, poser le regard sur la terre, vivre dos à cette mer, linceul de tout espoir...

Il me faudrait beaucoup méditer avant de défaire tant de nœuds, avant d'emboîter tant de fragments, tant de pièces de cette machine diabolique que constitue ma mémoire. Et finalement, tant d'efforts pour que rien ne change, pour que tout continue, semblable, pour que demain matin le salpêtre entre par la même fenêtre et pour que le murmure de la mer calme ou son rugissement furieux en pleine tempête me fasse prendre conscience que je suis condamnée à endurer cet exil jusqu'à la mort... De pute maure à pute espagnole renégate quelle différence ? Bien qu'il y ait entre les deux tant de lieues, tant d'années, tant de morts et une tristesse cousue à fleur d'âme avec la soie fine de la douleur, un mal qui jamais ne cessera de me tenir compagnie, qui ne prendrait fin que si en ouvrant la fenêtre je me retrouvais face à la silhouette jaune du château de Montearagón* se profilant sur l'horizon bleuté de la sierra de Guara. Mais c'est un rêve et il y a longtemps que je ne rêve plus, que les brumes du temps et de la haine ont assombri mon imagination, voilé mes yeux et c'est mieux ainsi car chaque souvenir qui me revient s'enfonce comme un dard incandescent dans ma poitrine et fait monter en moi un torrent de rancœur qui déborde et qui, malheureusement, est pourtant incapable de me noyer...

Il me faudrait beaucoup penser avant de regarder à nouveau la vie en comptant vers l'avant, en retranchant les jours sur le chemin qui mène à la mort et non comme je le fais depuis que j'ai entrepris de compter à rebours avec la volonté d'atteindre le moment où l'on m'a tuée – pute maure fille de Satan, maudite sois-tu, toi et tous ceux de ton espèce, pour finir en pute chrétienne espagnole, tu portes la malédiction sur tes épaules – et commencer à vivre en mourant ou à mourir en vivant, je ne sais pas encore très bien, même si remonte à vingt ans déjà cet instant où mes mains se glacèrent en fermant la porte de ma maison avant d'en remettre la clé à l'alguazil envoyé par le justice* de la ville... Vingt ans! Je suis vivante par faveur, on m'a prêté

Les mots suivis d'un astérisque sont expliqués aux pages 157 à 159

ma vie, j'aurais préféré mourir quand j'ai tourné mon regard vers la rivière et vu ma maison au bas de la rue Saint-Martin au bord de l'Isuela, la maison où j'ai grandi, où je me suis mariée, où je suis devenue veuve, où je fus insultée, harcelée, persécutée comme une chienne, on pouvait encore voir la merde écrasée contre la façade la nuit du Jeudi saint et on entendait l'écho des cris résonnant sur les murs, «pute maure, pute maure», des enfants, des jeunes gens, des hommes, des vieillards et des femmes, rassemblés sur la petite place devant la maison toute la nuit depuis la fin des offices religieux quasiment jusqu'à l'aube, «hors d'ici, pute maure, va-t'en en Barbarie*, va-t'en comme l'ont fait tous ceux de ta race, maudite vermine». Il ne restait plus que moi, moi seule, j'avais résisté, c'était ma ville, ma terre et le roi, mon roi. Comment pouvaient-ils détruire ma vie de cette manière, moi, María de Alcolea, fille de Martín de Alcolea, de la vieille famille Marguán, moi qui fus nourrice du fils d'un consul de la ville à qui j'ai sauvé la vie, moi, veuve de Juan de Lorés, *infanzón**? Selon eux je pouvais rester en tant que femme de vieux chrétien[1], mais Dieu – je ne sais lequel des deux et cela m'est bien égal – décida de me faire veuve deux ans après l'année noire de 1611 où tous les nouveaux chrétiens[1] quittèrent la ville à cause du danger qu'ils représentaient pour la sécurité…

Au nom de Sa Majesté le roi Philippe, que Dieu lui prête vie, pour protéger le royaume du danger que représentent les ennemis de notre sainte mère l'Église catholique et romaine, le conseil de la ville, réuni dans la Maison de ville avec tous les consuls présents et présidé par le Premier consul et le justice

---

[1] *pour ces mots, voir l'introduction*

de la ville, décrète, suivant en cela les ordonnances contenues dans la cédule royale arrivée dans cette ville le sixième d'avril de l'année courante mille six cent onze, ce que nous détaillons ci-dessous:

Premièrement. **Nous ordonnons à tous les nouveaux chrétiens habitant dans cette ville et ne l'ayant pas encore quittée, contrevenant ainsi à des décrets antérieurs, qu'ils soient habitants ou résidents, de s'inscrire, dans un délai maximum de sept jours à partir du moment où ce décret sera rendu public par le crieur de la ville, sur le registre ouvert à cet effet dans la Maison de ville, en y consignant nom, âge, domicile, métier et état civil.**

Deuxièmement. **Tous les morisques[1] de la ville devront certifier la propriété de leurs biens immeubles en présentant les lettres et documents de propriété, qui resteront en la possession du conseil.**

Troisièmement. **Tous les nouveaux convertis devront quitter la ville dans un délai maximum d'un mois et ne pourront emporter que leurs biens meubles personnels ainsi que leur argent et bijoux, sans dépasser la valeur maximum de cent ducats.**

Quatrièmement. **Après avoir quitté la ville ils ne pourront rester sur les terres de Sa Majesté plus de quinze jours. Ils pourront sortir du royaume par la frontière du Béarn ou par le port de Valence et la sécurité des personnes et des biens sera garantie durant le voyage.**

Cinquièmement. **Toute propriété immeuble rurale ou urbaine est interdite à la vente et fait dès à présent l'objet d'une saisie par la ville qui en fera ce qu'elle croira être le plus approprié.**

---

[1] *pour ces mots, voir l'introduction*

Sixièmement. Sont exclus de ce décret d'expulsion tous les convertis, hommes et femmes, mariés à des vieux chrétiens du moment qu'ils ont manifesté leur fidélité à notre sainte mère l'Église et s'ils prononcent publiquement leur profession de foi dans la paroisse Saint-Martin qui se trouve dans le quartier de la Nouvelle Chrétienté*, le premier dimanche de mai. Si un ou une convertie marié à une vieille chrétienne ou à un vieux chrétien ne prête pas serment, il devra quitter la ville et le royaume dans les mêmes conditions que les autres nouveaux convertis.

Septièmement. Si l'un ou l'une des nouveaux convertis contrevient aux ordres ici exprimés, en tant qu'ennemi de la foi catholique, il sera écroué à la prison de la Sainte Inquisition à l'Aljafería* de Saragosse et soumis à un jugement dans un autodafé.

Huitièmement. Ce décret sera annoncé publiquement par le crieur de la ville dans tous les lieux habituels où les arrêtés municipaux sont rendus publics et des copies sur papier seront affichées sur toutes les maisons du quartier de la Nouvelle Chrétienté et sur toute autre maison habitée par des nouveaux chrétiens; de plus, à partir d'aujourd'hui jusqu'au neuf mai, le décret sera exposé sur la porte des églises dont les nouveaux convertis sont habituellement paroissiens: Saint-Laurent, Saint-Martin et Saint-Dominique des frères prêcheurs*.

En foi de quoi, nous, Miguel de Linares, notaire royal de tout le royaume d'Aragon, avons signé le présent décret. Donné à Huesca le huitième d'avril, l'an de grâce 1611.

… et je me demande encore quel danger, quelle sécurité, quelle peur ou quelle haine les ont poussés pour qu'il n'y ait d'autre solution que l'expulsion générale. J'y ai échappé. Mon mari et le fils qui me restait, deux autres déjà grands étant morts durant l'épidémie de 1609, m'ont évité d'accompagner tous les autres dans la plus triste diaspora, certains vers le nord, vers la France, d'autres, la majorité, vers Valence en passant par Albarracín et de là en Barbarie, géographie indéfinie que personne ne savait très bien situer. J'y ai échappé, oui, ce jour de mai 1611, mais le faubourg de la Nouvelle Chrétienté se vida. Quelle tristesse, ce quartier mort, ces maisons fermées, ces siècles de vie effacés en un rien de temps... Durant la première année, des vieux chrétiens vinrent exploiter des magasins et des ateliers; la rue Saint-Martin, le passage des Moines, l'impasse du centre, la place d'Alquibla* commençaient à renaître. Et moi je restais là où j'avais toujours vécu, dans la maison construite par les parents de mes parents, une convertie parmi des chrétiens, mais mon homme est mort et j'ai cessé d'être femme d'un vieux chrétien, soudain j'étais nouvelle chrétienne, des années de paix prirent fin, j'étais devenue pute maure, race maudite, femme sans patrie, sans nom, sans famille et presque sans âme. Dieu agissant de concert avec ceux qui m'expulsaient de ma maison, de ma ville, de ma terre... Et de l'autre côté de la mer le même Dieu – ou l'autre, peu importe – également contre moi, allié de ceux qui m'ont fermé leur porte à mon arrivée, la vieille famille al-Guasquí, les cousins de mon père, qui avaient fui la terreur inquisitoriale en 1584 et qui en arrivant ici changèrent le nom séculaire, le beau et sonore Marguán, pour Guasquí, pour que l'on reconnaisse toujours leur origine, cette Huesca qui telle une tumeur emplit mon esprit de pus... Portes fermées, solitude et cette odeur de salpêtre qui pourrit mes entrailles lorsque j'ouvre les fenêtres et les balcons et trouve la mer à la place de la verdure des jardins potagers, du pic de Gratal posant des limites au monde et de cette odeur de pain cuisant dans le four de Felipe de Puibolea car même si le malheureux est mort transformé en cendres dans un autodafé à Saragosse, même si le four est passé aux mains des frères prêcheurs, pour moi ce sera toujours le four de Felipe, cette odeur chaude qui la nuit inondait tout le quartier apaisant les rêves, le four où nous allions tous cuire le pain pétri à la maison ou les galettes des jours de grande fête...

Felipe de Puibolea, domicilié à Huesca, originaire de Puibolea, du diocèse de Huesca, soixante-dix ans, né Mohamed ben Ali, baptisé en l'an 1529 dans la paroisse Saint-Laurent de Huesca. Depuis l'âge de vingt ans il travaillait au four qui se trouve dans le passage des Moines, propriété des frères prêcheurs. Marié à Aïcha d'al-Ezcandart, baptisée du nom de Tomasa, des quatre enfants qu'ils ont eus trois vivent encore, l'un habite à Huesca et deux à Saragosse. Il possédait le four en emphytéose avec l'obligation de payer deux ducats annuels, cuire le pain des moines et sur cent sous gagnés, leur en donner un. Le four du passage des Moines, le plus grand four de la ville, était à la disposition de la population des quartiers des Tanneries, de Saint-Dominique, Nouvelle Chrétienté ou Saint-Martin et Saint-Laurent. Son fils Jaime et deux de ses neveux, convertis également, originaires d'Alerre, travaillaient avec Felipe. Il s'approvisionnait en bois de chêne vert et de rouvre provenant des forêts de Loarre et en souches de vieux amandiers et oliviers du même endroit, par des commandes bisannuelles convenues avec Lupercio de Navascués, habitant de la ville de Loarre, qui devait déposer le bois dans le bûcher qui se trouve dans le passage des Moines, à côté du four.

Felipe a toujours semblé être un chrétien fidèle, membre de la confrérie de Sainte-Anne et membre du chapitre des paroissiens de Saint-Martin à plusieurs reprises. Il fut chargé de recouvrer les cinq sous de capitation que tous les convertis de Huesca doivent payer chaque année à l'Inquisition et qui sont déposés au couvent des prêcheurs. Mais un jour de mai 1584 il fut conduit en prison par des officiers du Saint-Office, accusé de pratiquer en secret la religion musulmane, selon la déclaration faite sous la torture de Luis al-Fanaquí, cousin de Felipe, habitant l'impasse du centre dans le quartier de Saint-Martin.

Tel que consigné dans les livres du Saint-Office, le fournier Felipe a subi vingt sessions de tourments, à aucun moment il n'a admis être musulman mais il a fini par avouer avoir été instruit dans la religion musulmane depuis tout petit, que chez lui, on faisait après le baptême des adouaa et des asalat, c'est-à-dire des prières quotidiennes, et les aguadoches ou ablutions, que chaque après-midi on récitait les quatre-vingt-dix-neuf noms de Dieu, ce qui, selon un hadith – une parole de Mahomet, a-t-il été obligé de traduire – garantit le salut; que le ramadan était observé par toute la famille qui, à la naissance de ses enfants, les consacra à Dieu en récitant les fadaat traditionnelles et que même, tout comme lui l'avait été, il les fit circoncire quand ils eurent grandi pour éviter de se trahir au moment du baptême, car l'Inquisition ordonnait aux prêtres de vérifier que l'enfant à baptiser ne fût pas circoncis. On raconte que dans sa maison, lors de la perquisition postérieure à sa détention, on a trouvé quatre livres du Coran écrits à la main par Felipe lui-même et qu'au moment d'être arrêté il portait, cachées dans le pourpoint, plusieurs sourates écrites en arabe. Dans sa déclaration il a attesté que sa femme Tomasa et son fils Orencio étaient musulmans mais n'a dénoncé personne d'autre, ni ses domestiques ni aucun autre membre de la famille ni ses amis. Il a reconnu savoir lire et écrire l'arabe et a dit l'avoir appris de son père, mort converti en 1535. Il ne s'est pas repenti de sa foi et apparaît consigné dans le Livre de l'Inquisition du Tribunal d'Aragon de 1584 comme condamné à mort pour avoir été convaincu de se livrer à des rites musulmans bien que niant les faits. D'autres morisques condamnés sont cités avec lui, cinq de Huesca, deux de Calanda et trois de Saragosse, tous accusés de pratiques et de rites musulmans et dans le cas de Gabriel et de Jerónimo de Çafar de Huesca et leur cousin Baltasar Compañero de Calanda, il est dit également qu'ils préparaient une conspiration des morisques contre Sa Majesté, alliés aux Turcs et aux luthériens du Béarn, conspiration qui n'a jamais pu être démontrée mais qui depuis 1584 a servi d'excuse pour une continuelle persécution des convertis du royaume d'Aragon, en particulier des familles les plus riches et puissantes.

Tomasa et son fils Orencio, dès leur arrestation, ont déclaré spontanément et de bon gré pratiquer des cérémonies de maures; concrètement, entre autres choses, Tomasa avait purifié et mis dans son linceul le cadavre de Felisa de al-Balatí, veuve du potier Álvaro de Sangarrén, selon le rite musulman. Ils ont tous les deux reconnu respecter le ramadan, lire une sourate chaque jour et réciter la litanie des noms de Dieu, en plus de ne pas

manger de porc ni boire de vin. À la demande des enquêteurs,
Felisa a expliqué en détail en quoi consiste la cérémonie de
purification ou tahor d'un cadavre, qui requiert une femme si
le défunt est une femme et plusieurs hommes pour tourner le
cadavre afin que l'eau lave tout le corps. Comme c'était une
coutume musulmane, Tomasa, avant de toucher le cadavre,
encore impur, dit trois fois «Seigneur Dieu, pardonne-moi».

Alors, le cadavre soulevé pour que l'eau coule sur tout le corps,
elle le lava et une fois purifié répéta «Seigneur Dieu, pardonne-
moi» puis l'ensevelit en l'enveloppant dans cinq draps de lin et
le parfuma avec de l'essence de lavande et de fleur d'oranger.
Ensuite, les hommes le mirent par terre, tourné vers la Mecque...
Comme au cimetière ils n'allaient pas pouvoir dire les prières
musulmanes car dès que le cadavre serait sorti de la maison il
devrait avoir l'apparence d'un chrétien, ils récitèrent l'une de
leurs prières propres aux funérailles qui du temps de la liberté
se disait à côté de la fosse: « Dieu est grand. Louange à Dieu
qui donne la vie et la mort, qui ressuscite les morts. Lui seul
est grand. Lui seul est sublime. Lui seul possède le pouvoir, la
puissance et les louanges. Il est tout-puissant.»
La déclaration spontanée leur a évité le tourment et leur
repentance a facilité leur réconciliation lors de l'autodafé. Ils
n'ont subi que dix coups de fouet outre l'obligation de recevoir
une instruction chrétienne. Quinze jours plus tard ils étaient à
Huesca mais très vite, au bout de deux ou trois mois, ils fermèrent
la maison et quittèrent la ville, pour Valence dit-on, après
l'avoir vendue avec un potager qu'ils avaient à Miquera.
Le four passa de nouveau aux mains des prêcheurs et il est à
présent loué à Bautista Ramírez de Bergua, vieux chrétien,
à des conditions bien plus favorables pour les prêcheurs qui

peuvent enchérir le contrat tous les deux ans. Le four continue d'être l'un des points de rencontre de tous les nouveaux convertis de la ville, ils s'y rendent tous fréquemment pour une raison ou pour une autre: acheter, cuire du pain et des galettes, rôtir de la viande… On dit – même si ce ne sont peut-être que des racontars – que les prêcheurs ont demandé à Bautista de bien espionner les nouveaux convertis, tendre l'oreille et ouvrir grand les yeux attendu que les temps sont à la surveillance de la sécurité du royaume et au respect de notre sainte mère l'Église et qu'on ne peut pas baisser la garde devant le danger que représente la survivance clandestine de la secte mahométane.

(Fragment d'un rapport élaboré par le consul Leonardo de Berbegal à la demande du conseil pour ouvrir le procès concernant la propriété d'un vignoble qui fut à Martín de Puibolea au lieu-dit de Jara et réclamé par la ville à Bautista Ramírez de Bergua)

… Maudite mémoire qui m'a apporté cette odeur et le souvenir des galettes, cause de ma tragédie finale… garce maure, dénonciation à l'Inquisition, cette pute maure veuve de Juan de Lorés qui fait la fine bouche devant une galette de rillons… et tout glissa irrémédiablement vers la fatalité. Je ne saurai jamais qui m'a dénoncée, ceci restera pour toujours gardé secret par le Saint-Office, mais je me rappelle qu'à ce moment-là, lorsque j'ai refusé de goûter la galette au lard, il y avait chez le fournier Engracia de Fanlo, Quiteria de Aratorés, cousine de ma belle-mère, Luis Domínguez et Cilia de Luna, qui m'a proposé la galette, et bien sûr, Bautista et son valet Ramiro, n'importe lequel d'entre eux a pu être le coupable de mon malheur, ou tous, car je suis convaincue que chacun d'eux pensait qu'une fille de maures condamnés à mort méritait une punition de cet ordre…

Déclaration volontaire, secrète et spontanée de Quiteria de Aratorés, femme de Diego de Bierge, infanzón, habitante de la ville de Huesca, rue de la Correría, paroisse de Saint-Pierre, par-devant nous, Juan de Laborda, familier* du Saint-Office, le trentième jour de novembre de l'an mille six cent treize à huit heures du soir à notre domicile et en notre seule présence.

Elle dit avoir vu, ce même jour du trentième de novembre au matin, alors qu'elle se trouvait au four des prêcheurs dans le passage des Moines, María de Marguán, veuve de Juan de Lorés, refuser de goûter un morceau de galette de rillons proposé par Cilia de Luna, disant que même s'ils la tuaient jamais elle ne mangerait quelque chose contenant du lard, qu'elle n'en avait jamais goûté et ne le ferait jamais. Que, devant l'insistance de Cilia, elle a paru se mettre en colère et levant la voix, a exigé que l'on respecte ses idées, arguant qu'elle ne faisait de mal à personne en ne mangeant pas de gras et celui du porc encore moins car cela la dégoûtait. La susdite Quiteria déclare également avoir entendu María de Marguán, baissant beaucoup la voix, invoquer Allah en arabe tandis qu'elle sortait du four en maugréant. Et qu'elle n'en sait pas plus sur la vie et les pratiques de María, qu'elle avait toujours cru jusqu'alors que c'était une bonne chrétienne, même si elle était la fille de condamnés à mort.

Déclaration volontaire, secrète et spontanée de Bautista Ramírez de Bergua, fournier, habitant de Huesca, dans le four du passage des Moines, par-devant nous, Juan de Laborda, familier du Saint-Office, le premier jour de décembre de l'an mille six cent treize à neuf heures du matin et en notre seule présence.

Il dit que le trentième jour de novembre, se trouvant à son four, il a entendu María de Marguán et Cilia de Luna se disputer à propos d'une galette au lard que celle-ci avait faite. Qu'il ne sait pas très bien de quoi elles avaient bavardé avant, mais a parfaitement entendu María dire qu'elle n'avait jamais mangé de lard et qu'elle préférait mourir plutôt que d'en goûter, ses croyances le lui interdisant, et avant de sortir du four, à voix basse mais perceptible, elle a invoqué Allah par des paroles qu'il n'a pu comprendre car elles étaient dites en langue arabe, ou du moins c'est ce qu'il paraissait.

(Ces deux déclarations secrètes devront être gardées cousues et scellées dans les archives du Saint-Office d'Aragon à l'Aljafería de Saragosse.)

Aux consuls de la ville de Huesca
Une fois entendues les deux déclarations nécessaires pour intenter un procès et la dénonciation visant María de Marguán, nous ordonnons:
De procéder immédiatement à son arrestation, de la transférer à la prison municipale et de la conduire dans un délai maximum de deux jours à l'Aljafería de Saragosse.
Qu'elle paye de son patrimoine les frais du voyage et le viatique des deux officiers qui l'accompagneront.
Le nom des témoins et des dénonciateurs, ainsi que les accusations sont gardés secrets, comme il est d'usage dans ces cas-là, maintenant et pendant la durée du procès.

Juan de Laborda
Fait à Huesca le premier jour de décembre mille six cent treize.
En foi de quoi, nous, Rafael de Nogueras, notaire de Huesca
et du Saint-Office des diocèses de Huesca, Barbastro et Jaca,
avons signé le présent acte.

... Je ne veux pas même y penser, à quoi bon, ce qui est perdu l'est à jamais, quel sens y a-t-il à remuer ce à quoi on ne peut rien changer ? Je ne veux me souvenir de rien, je suis là si loin de tout, de tous, de moi-même, je ne suis plus moi depuis ce jour maudit d'avril de l'an du Christ mille six cent quatorze, un vendredi. Jour lumineux, la sierra de Guara, avec à sa cime un léger voile de neige, violette sur un ciel aussi pur que celui de janvier. Le rosier du jardin était en fleurs, ce rosier planté par mon fils Agustín l'hiver avant de... mais pourquoi le mentionner, je ne veux pas y penser, je retiens la lumière de cet hiver glacial, les mains gelées et ce jeune plant qui bourgeonna peu après puis donna au printemps la première fleur rouge comme le sang... Le jardin de la maison semblait tout autre depuis que le rosier grimpait sur les murs, emplissant de son odeur le crépuscule. Ici aussi j'ai un rosier mais l'air de la mer atténue son arôme... Parfois je voudrais que le vent du nord, le *cierzo**, arrive soudain, inonde la maison de parfums perdus pour toujours ou me noie dans cette mer de larmes qui jaillit de mes yeux chaque fois que le souvenir devient rage, rancœur et haine envers tous ceux d'ici, musulmans et chrétiens. Les uns comme les autres me regardent comme une bête curieuse – je peux lire sur leurs lèvres «maudite espagnole renégate», «*haquira hayatouha al-kafira al-isbanya*» et dans leurs yeux l'aversion et la méfiance –, haine envers ceux de là-bas, ceux qui m'ont laissée seule devant l'injustice, ceux qui m'ont appelée fille et sœur lorsque pour s'emparer du patrimoine des Marguán ils ont négocié avec mon père un mariage qui cacherait mon origine… Je n'avais pas encore treize ans, une enfant qui regardait son homme avec plus de peur que d'amour, car je ne l'ai jamais aimé, et je dus éteindre le feu qui prenait dans mon ventre telle une flamme vive d'ajoncs chaque fois que je pensais à Miguel, nouveau chrétien qui ne pourrait jamais être mon mari à la suite de la décision de mon père de me marier avec un vieux chrétien… Une haine qui m'accompagnera jusqu'à la mort près de cette mer que j'exècre aussi depuis que je suis arrivée et me suis heurtée au mépris de ceux qui m'ont précédée, sang de mon sang, branches et tiges coupées, membres du même tronc qui n'ont jamais voulu me reconnaître comme maillon de leur chaîne…

Oui, il me faudrait beaucoup réfléchir avant de tout remettre en ordre et je ne sais si cela en vaut la peine, mais je ne trouverai peut-être pas d'autre moyen pour que la nostalgie finisse par me tuer comme il se doit, avec la haine me dévorant de l'intérieur, je veux cultiver cette rage chaque jour qu'il me reste de cette vie qui a déjà assez duré, comme si la mort s'était acharnée à retarder son arrivée et pour que moi, María ou Mariame de Alcolea, originaire d'Alcolea de Cinca, des Marguán de Huesca, demeurant à Huesca depuis l'âge de sept mois, nouvelle chrétienne, veuve de Juan de Lorés, *infanzón*, fille de condamnés à mort, condamnée à l'exil forcé lors d'un autodafé tenu à Saragosse au mois de janvier mille six cent quatorze, je trouve à jamais le repos… Ah, si ce souhait pouvait devenir réalité !

II SANG NOIRCI

Un mois à endurer le tourment, supplice de la corde, supplice de l'eau, estrapade, coups de fouet, jour et nuit, à n'importe quel moment, il n'est plus possible de distinguer s'il fait jour ou si nous nous trouvons dans les ténèbres... À tour de rôle les questions, un enquêteur puis un autre et encore un autre... obscurité totale et beaucoup de peur, la peur de tant de douleur... Non, je ne fais pas le ramadan, je ne lis pas le Coran, je ne prie pas Allah, je ne mange pas de lard, je n'en ai jamais mangé mais cela n'a rien à voir avec la religion, ça m'a toujours écœurée, mes beaux-parents et les frères de mon mari, qu'il repose en paix, peuvent vous le confirmer, ils me connaissent depuis l'âge de treize ans... je suis chrétienne, baptisée dans la paroisse de Saint-Jean d'Alcolea sous les noms de María, Andresa et Magdalena, je n'ai jamais cessé de remplir mes obligations de chrétienne. Mais le lard, je ne peux pas, ni le gras d'aucun animal ni de porc ni de mouton, celui qui m'a dénoncée le savait, au four tous ont bien vu que je ne faisais que des galettes à l'huile et tout le monde sait que je n'ai jamais acheté de graisse de mouton pour faire de l'alhale[2], ce plat que les convertis aiment tant mais qui me répugne car on le conserve dans de la graisse…

Vingt jours à répéter la même chose et toujours les mêmes questions pour les mêmes réponses: plus d'insistance dans les réponses amenait plus de torture et plus de silence, plus de violence. Les pieds et les bras cassés, démolie, disloquée, mise en pièces, j'ai fini par signer ce qu'ils voulaient…

À l'audience de la Sainte Inquisition du vingt-huitième jour de décembre mille six cent treize au matin, en vertu du mandat d'amener de l'Inquisiteur, le docteur don Elías de Luna et en présence de celui-ci a comparu une femme, conduite depuis son cachot et ayant juré de dire la vérité pendant cette audience ainsi que pendant toutes celles qui auraient lieu jusqu'à la fin de son procès et de n'en rien révéler. Elle a déclaré s'appeler María de Marguán, originaire d'Alcolea de Cinca et habitante de Huesca, quarante ans, fille de condamnés à mort, veuve du vieux chrétien Juan de Lorés, ce qui lui a évité l'expulsion générale. Elle a dit être prisonnière depuis trois semaines et avoir refusé de déposer jusqu'à aujourd'hui, mais qu'à présent elle le fait de bon gré car elle souhaite obtenir le pardon de ses péchés et la miséricorde du tribunal du Saint-Office. Elle a dit être chrétienne depuis toujours et respecter les commandements et préceptes de la sainte Église catholique, comme peuvent le confirmer les voisins, la famille de son mari, qu'il repose en paix, et les responsables de la paroisse Saint-Martin de Huesca. Elle a dit déposer car elle souhaitait obtenir le salut, parce qu'elle a péché contre Dieu Notre Seigneur et, étant chrétienne

---

[2] *alhale: plat à base de viande d'agneau hachée conservée dans de la graisse d'agneau et épicée.*

et croyant en la vérité catholique, se repent d'avoir fait des prières et des cérémonies de la secte de Mahomet propres aux Maures.

Instamment priée de tout déclarer à propos de ces pratiques sans rien cacher, pour son salut et pour obtenir la miséricorde et la bienveillance de ce tribunal, elle a déclaré se souvenir de cérémonies, rites et prières appris, lorsqu'elle était enfant, de sa mère et de sa grand-mère et les avoir accomplis tout au long de sa vie. Interrogée à propos des cérémonies et rituels qu'elle avait faits, elle répond qu'il s'agit de cérémonies lors de la naissance de ses enfants, appelées fadaat, une prière en sortant de chez elle, une autre avant de commencer à manger et quelques litanies. Instamment priée de préciser, elle a expliqué que sept jours après avoir accouché de chacun de ses enfants, en cachette pour que personne ne la voie, elle les purifiait en leur faisant la tahor qui consiste à laver tout le corps et le consacrer à Dieu en récitant «Au nom de Dieu, clément et miséricordieux. Louange à Dieu! Accorde à cet enfant un destin favorable et place-le parmi ceux qui confessent ton nom. Défends-le de Satan, prépare son cœur pour qu'il respecte les règles de notre foi et tiens-le éloigné de l'erreur» puis elle faisait la tasmia, c'est-à-dire qu'elle leur donnait un nom. Elle a également révélé qu'en sortant de chez elle, elle faisait chaque fois une prière de celles qu'on appelle hanafites ou personnelles, qu'avant de sortir dans la rue elle récitait «Louange à Dieu» sept fois de suite puis quatorze fois «Amen!» car c'est une façon de jouir de la protection divine durant toute la journée. Qu'avant de commencer à manger elle murmurait sans que personne ne puisse l'entendre «Au nom de Dieu clément et miséricordieux» et à la fin du repas, «Louange à Dieu!», mais elle oubliait *fréquemment cette prière car chez elle on rendait grâce à Dieu à voix haute à l'heure du repas et elle ne trouvait pas nécessaire de le refaire car elle a toujours cru qu'il n'y avait qu'un seul Dieu. Enquise si c'était tout ce qu'elle avait à déclarer, elle a dit que oui, qu'elle n'avait rien fait d'autre, a juré qu'elle ne ferait jamais plus ce qu'elle avait fait, qu'elle voulait vivre et mourir en chrétienne. Interrogée sur les litanies qu'elle avait mentionnées sans expliquer, elle répond qu'il s'agissait d'un oubli involontaire et que ce n'étaient peut-être pas vraiment des litanies, qu'elle croit se rappeler que sa grand-mère, qu'elle entendait prier chaque matin en se réveillant, les appelait des tasbihes, qu'elle ne sait pas très bien comment on nommerait ce type de prières en romance* parce qu'elle ne comprend pas l'arabe, que chez elle on les faisait après deux ar-rak'a ou inclinaisons très profondes et que celle dont elle se souvient disait plus ou moins cela: «Le jour est levé. Louange à Dieu! Le jour s'est levé et nous avons été réveillés par le pouvoir du Très-Haut, du Roi souverain. Vous devez méditer et vous rappeler, ô vous qui avez des yeux, que tous les pouvoirs appartiennent à Dieu le Vainqueur. Le paradis est meilleur que les enfers. Le jour s'est levé. Louange à Dieu, Seigneur de l'Univers!» Enquise si elle faisait toujours la prière en romance elle a dit que oui, avoir déjà déposé ne rien connaître de l'arabe, même si sa grand-mère priait souvent dans la langue des ancêtres. Puis ajouta qu'elle n'avait rien d'autre à déclarer.*

Enjointe, par révérence envers Dieu Notre Seigneur, de penser à son intérêt et de dire si elle avait fait autre chose dont elle ait à se repentir pour sauver son âme et obtenir la miséricorde du tribunal, elle a répondu que non, avoir déjà expliqué toutes les pratiques musulmanes qu'elle avait eues et ne plus rien avoir à

confesser. Une fois dit cela, elle fut remise au secret pour y rester
jusqu'au jour du jugement public.
Signé par l'Inquisiteur, le docteur don Elías de Luna y
Urriés.
Par-devant nous, Pablo Nogueras Ascaso, secrétaire.

... et j'ai signé tout en sachant que cela impliquait la pire
des peines imaginables, l'exil forcé, la perte de tout ce
qui m'appartenait, mais je me suis rendue devant tant de
barbarie, tant d'obscurité, tant de terreur... Je n'ai jamais été
musulmane, je n'ai jamais pratiqué ces cérémonies que ma
mère et ma grand-mère faisaient, je me souviens, mais moi
non, on me disait toujours de suivre la religion chrétienne, on
ne voulait pas que je sois une malheureuse persécutée comme
tous les morisques... Mais ces brutes voulaient m'anéantir,
m'enterrer vivante et ils y sont parvenus. Comment une
femme, vieille et faible comme moi, peut-elle supporter un
tel supplice? Est-il possible de se laisser briser entièrement
sans perdre son intégrité? Pour eux la vie n'a aucune valeur
et je crois que, déposant ou non, j'étais déjà condamnée
pour toujours à la honte qui m'accablait depuis que mes
parents avaient été brûlés, cela revenait au même de déclarer
ou pas... ou pire, si je ne disais pas ce qu'ils voulaient
m'entendre dire, j'aurais pu mourir sous la torture, comme
la malheureuse Francina de Muzot qui n'est pas ressortie
de ce trou. Il valait mieux en finir le plus tôt possible,
qu'une pareille épreuve prenne fin et monter sur l'estrade,
endurer les vingt coups de fouet et partir immédiatement
pour Huesca, chez moi, retrouver Agustín qui attendait mon
retour. Il fallait profiter des quelques jours qu'on me laissait

avant d'abandonner le royaume, tout préparer, laisser tout arrangé, en ordre, qu'Agustín puisse s'habituer à la solitude qui lui tombait dessus au moment de prendre en charge l'affaire familiale, cette boutique sur deux étages, fierté de la famille, adossée à la muraille de pierre, enviée de tous les boutiquiers du quartier, commandée par Aboubacar de Marguán et confiée à un maître d'œuvre remarquable parce que remarquable était la construction, des sols en bois, de grandes fenêtres qui donnaient à voir le comptoir des marchandises, une petite étude à l'étage au sol en briques et azulejos et une fenêtre donnant sur le *Coso*[3], un auvent en bois sculpté qui nous abritait les jours de pluie, et sur la petite place d'Alquibla, près de la porte du mur, au meilleur endroit de la ville, héritée de génération en génération, deux cents ans d'histoire, un commerce repris par mon mari, conservé par mon fils mais que je ne pourrai plus voir...

Après avoir dormi à Almudévar, Huesca me reçut avec un vent glacial gelant le visage en cette mi-journée de janvier, si froid qu'il faisait jaillir les larmes et laissait le corps transi. Avant d'arriver, depuis Las Canteras, Huesca était un drap immaculé brillant comme un miroir sous un soleil à peine visible. Avant même d'entrer, l'odeur de fumée de chêne vert de toute la ville devenue cheminée pénétrait au plus profond de vous. En descendant du coche dans le Coso, près de la porte Saint-Vincent, je me mis à courir vers la maison, me cachant des coups d'œil furtifs de gens qui détournaient la tête pour ne pas me regarder en face, j'étais toute honteuse car je savais que la nouvelle de ma condamnation m'avait précédée, avec celle de deux nouvelles chrétiennes de Fraga. Personne ne pouvait expliquer comment elles

---

[3]: *artère principale de Huesca depuis le XVIe siècle et qui suit le tracé des murailles à l'extérieur.*

avaient échappé à l'expulsion générale... Je volais poussée par la joie d'atteindre l'Alquibla et de trouver Agustín dans la boutique, m'attendant les bras ouverts et le sourire aux lèvres... Mère, enfin réunis, mère... Mais Agustín n'était pas là, boutique aux portes grandes ouvertes, brûlée, consciencieusement dévastée, détruite jusque dans ses moindres recoins...

À neuf heures et demie du matin le vingt-cinquième de décembre, l'an de grâce mille six cent treize les consuls de la ville Alonso de Felices et Bartolomé de Almuniente se présentent en compagnie du notaire Blas de Fraga et des témoins Antonio de Barbués, forgeron, et Mariano Catalán, mercier, habitants de Huesca, dans la boutique de feu Juan de Lorés, et María de Marguán, nouvelle convertie actuellement emprisonnée à l'Aljafería, sise sur la place Saint-Laurent, à côté du vieux mur de pierre, pour établir le procès-verbal des faits survenus là-bas durant la nuit du vingt-quatre après la messe de minuit selon les informateurs, Jesús Bernal et Jerónima Sesé.

Déclaration de Jesús Bernal, charpentier, habitant dans la partie haute de la rue de Salas, près de la place Saint-Laurent.
Aux questions d'Alonso de Felices il répond qu'en sortant de la messe de minuit célébrée dans la cathédrale il a marché lentement en discutant dans la rue des Petits Escaliers avec Sebastián Palomar, dont il s'est séparé devant l'église du Saint-Esprit. Qu'en arrivant sur la petite place Saint-Laurent il a vu Agustín de Lorés, fils de feu Juan de Lorés et María de Marguán, entrer dans la boutique en laissant la porte entrouverte, il l'a observé alors qu'il allumait une lampe à

huile puis montait dans la pièce de l'étage supérieur, qu'il le sait car dans l'entrebâillement de la porte on voyait l'escalier de la boutique. Il déclare aussi avoir vu entrer ensuite trois silhouettes avec cape et chapeau de feutre, qu'il n'a pas pu identifier car il faisait très sombre et il n'y avait aucune torche sur la place. Il a imaginé qu'ils avaient tous les trois rendez-vous avec Agustín et, sans y accorder plus d'importance, est rentré chez lui se coucher. Peu après, au bout d'environ dix ou douze minutes, il a entendu Agustín crier: «À l'aide! À l'aide! Au meurtre! À l'assassin! À l'aide! Au secours!» En un instant il a sauté du lit, est monté à la boutique et l'a vue brûler, du feu et des flammes dans tout le rez-de-chaussée empêchaient d'entrer, il n'a pu le faire qu'une fois que la foule se fût rassemblée et eût réussi à éteindre le feu en formant une chaîne avec des seaux depuis le réservoir de l'atelier du forgeron Rafael Blasco. À la demande de Bartolomé de Almuniente, il explique que le cadavre d'Agustín de Lorés était dans l'arrière-boutique et qu'il a été possible de l'identifier bien que le feu lui eût brûlé les cheveux et l'eût défiguré. Il n'a pas remarqué les blessures à l'arme blanche dans son dos jusqu'à la levée du corps par le docteur don Gaspar de Torres, lequel a signalé qu'il était mort de trois coups de couteau. Il dit aussi ne pas se rappeler, car il n'y a pas fait attention, si la porte dérobée de la boutique était ouverte et ne pas avoir vu écrit en lettres noires sur le mur de l'arrière-boutique «Maures traîtres». Aux questions des consuls il répond ne pas savoir qui étaient les trois individus mais être sûr qu'ils n'étaient que trois et d'après leur façon de marcher les trois semblaient être de jeunes hommes.

Déclaration de Jerónima Sesé, veuve d'Enrique Valfonda, tanneur, habitant porte des Frères Mineurs.

Aux questions de Bartolomé de Almuniente elle répond qu'en sortant de la messe de minuit de l'église Saint-Laurent, un peu tard car elle était restée prier un moment, tandis qu'elle se trouvait sur le Coso en direction de chez elle, elle a rencontré Agustín de Lorés, ils se sont salués et Agustín lui a dit qu'il se rendait à la boutique parce qu'il n'avait pas fait la caisse du jour et voulait tout terminer. Elle s'est aperçue en arrivant chez elle qu'elle avait perdu sa clef ou l'avait laissée à l'église, elle est donc revenue sur ses pas, très lentement car le Coso était très sombre, est arrivée à l'église qui était encore ouverte et a trouvé la clef sur le chemin du retour. En passant devant la boutique d'Agustín de Lorés elle a vu la porte entrouverte et de la lumière à l'étage mais n'a rien remarqué d'anormal, n'a entendu personne. Ce n'est qu'en arrivant près de la porte Saint-François qu'elle a vu trois hommes avec cape et chapeau de feutre noir venir rapidement à grandes enjambées depuis la porte Saint-Vincent, lesquels en la croisant ont baissé la tête et ne l'ont pas saluée. Au bout d'un moment elle a entendu un vacarme dans la rue et des gens crier au feu, hurlant à tous de sortir avec des seaux. Lorsqu'on lui demande si elle est entrée dans la boutique elle répond que non mais l'avoir vue de l'extérieur en train de brûler et avoir également vu le cadavre d'Agustín lorsque la confrérie l'a emmené dans la maison de ses grands-parents. Elle dit n'avoir reconnu aucune des trois silhouettes et ne pas en savoir davantage.

Antonio de Barbués, forgeron et Mariano Catalán, mercier,
ont été témoins. En foi de quoi nous, Blas de Fraga, notaire,
avons apposé notre seing au bas des présentes déclarations.

Eodem die et anno, à onze heures du matin, comparaissent
devant nous, Cristóbal de Lascasas, premier consul de la ville
de Huesca, don Blas de Fraga, notaire; le docteur Gaspar de
Torres, professeur de la faculté de médecine et Mateo de Tierz,
grand maître de la confrérie de Sainte-Anne, pour témoigner
au sujet de l'assassinat d'Agustín de Lorés…

… Maudits chiens, vautours, loups, bêtes féroces, vermine,
qu'avez-vous fait, pourquoi avez-vous tué ce que j'ai le plus
aimé dans cette vie et me laissez dans la plus douloureuse
des tristesses…? Seule, sans honneur et sans enfants, sang
noirci dans l'arrière-boutique du magasin, trois coups de
couteau dans le dos, traîtres, qui avez flétri la plus belle
fleur de toute la ville, qui avez éteint à jamais la lumière
de mon âme. Au nom de Dieu, de quel Dieu, pouvez-vous
faucher dix-huit ans, épi qui commençait à dorer…? Et
vous l'avez fait profitant de mon absence, souillant le jour
de Noël, vieux chrétiens nettoyant la ville des minuscules
signes de sang maure qui subsistaient en elle, vous avez certainement mérité la gloire par un si grand exploit, par tant
de bravoure… Et vous, les Lorés, mille fois lâches, vous
devriez garder la tête basse toute votre vie et cacher votre
visage depuis que vous avez laissé le sang de votre petit-
fils, votre sang, submerger jusqu'à la noyer la mémoire de
votre fils, pas le moindre geste ni la moindre réparation, pas
une seule démarche pour découvrir les mains qui versèrent

dans la boue le sang d'un innocent qui portait votre nom…
Honteux de moi, fille de condamnés et condamnée à mon tour parce que maure, moi qui ne sais pas qui je prie ni même si je prie depuis que je me suis vue obligée de me marier et d'étouffer à jamais la joie d'être femme pour devenir une marchandise censée acheter la sécurité d'un patrimoine qui, en fin de compte, n'appartiendra ni à moi ni à aucun de mes successeurs, dont plus un ne reste. Vous, qui vous appelez chrétiens, vous êtes pires que les fauves capables, eux, de mourir pour défendre leurs petits, vous avez laissé impunie la mort d'Agustín de Lorés, mon fils, votre petit-fils et neveu…

Maudite Huesca qui m'a tenue enfermée chez moi durant trois mois, retenue prisonnière, persécutée en permanence, charivaris jour après jour… et finalement l'adieu à ma vie, à ma terre, à ce paysage, partie intégrante de moi-même…

Adieu à l'enfance, aux dépouilles de tous mes parents dans le cimetière musulman d'abord, puis à la suite du baptême forcé, dans des cimetières chrétiens, à mes trois fils enterrés à Saint-Dominique aux côtés de leur père, que je n'ai jamais aimé et qui pourtant m'a respectée, à qui j'ai été fidèle car c'était le père de mes enfants, adieu à ces couchers de soleil aux nuages rouges, à la bise glaciale et à la brume apportée par ce vent du sud humide et chaud, troublant l'atmosphère, étourdissant les cinq sens, adieu à ces parfums indéfinissables apportés par le vent de l'est avec tous les arômes des potagers pleins de basilic et de menthe, adieu, aussi, à tous les verts de mai, lorsque les champs semblent saigner des coquelicots et quand le vent d'ouest berce et ride les moissons, à la neige de fleurs d'amandier au printemps, adieu à tout jamais à la rumeur des peupliers du bois derrière la maison sous la pluie, muant le silence en musique, durant ces aubes longues et paisibles... Tant de sentiments opposés, de l'amour pour tant de souvenirs mais aussi pour les éléments, pour cette nature qui nuit et jour se présente à moi vive et douloureuse dans toute sa beauté... et de la haine, beaucoup de haine envers les gens, envers tant de gens qui m'ont privée du droit d'être moi-même à ma juste place.

... La clef, l'alguazil, un bagage et cachés dans les doublures de ma jupe, le collier, des bracelets et des boucles d'oreilles d'or et de perle que je portais le jour des noces, sept cent ducats que je gardais cachés, qui ont pu échapper à la saisie et au pillage et me permettront peut-être de survivre. En sortant de chez moi, accompagnée de Diego de Foncillas, sans regarder en arrière, en route vers les Pyrénées, par le port vieux de Chistau[4] jusqu'à la vallée d'Aure puis de là à Marseille. Destination Oran, pour retrouver les uniques survivants des Marguán... sans regarder en arrière et avec toute la haine pourrissant jusqu'à mon souffle.

---

[4]: *Chistau est le nom aragonais de Gistaín, bourgade proche de la frontière française*

III LE TROC

Miguel, le fils de l'hippiatre*, savait esquisser un sourire chaque fois que je le regardais, il me faisait des clins d'œil et effleurait des doigts ses lèvres dans un geste que je ne pouvais alors apprécier à sa juste valeur, pourtant je sentais tout mon corps prendre feu lorsque je le voyais et le soir, bien souvent, je me rendais seule aux champs dans l'espoir de l'observer pendant qu'il arrosait, jambes et bras dénudés et j'imaginais le contact de cette peau aussi blanche que la cire. J'avais envie de le toucher mais je n'osais même pas y penser... lui le fit et je tremble encore à ce souvenir, un frisson me secoue tout entière comme s'il avait toujours la main posée sur ma nuque et si je sentais encore son souffle brûlant au creux de l'oreille... C'était à la nuit tombante d'une chaude journée d'été, sous le noyer du potager de sa famille le long du canal d'AlMériz, près de Sainte-Claire. «María, tu dois être ma femme, je l'ai dit à mon père, j'ai déjà dix-sept ans, il est grand temps de me marier...» Et moi je l'ai cru, pourquoi n'aurais-je pas pu être la femme de

Miguelón, le fils de l'hippiatre? Nous sommes tous les deux du même peuple, des nouveaux chrétiens, nous faisons tous les deux partie de cette communauté enfermée dans le vieux quartier musulman désormais appelé Nouvelle Chrétienté, paroissiens de Saint-Martin; on nous montre du doigt, nous sommes destinés à endurer l'ignominie et la haine des vieux chrétiens et souvent des épreuves plus dures et amères, des autodafés, des condamnations aux galères, des coups de fouet et même la mort au milieu des cris d'allégresse de ceux qui croient avoir raison parce que les aïeux de leurs aïeux étaient déjà des chrétiens... Il paraît que nous étions cinq cents il n'y a pas plus de trente ans et à présent nous sommes à peine deux cents, beaucoup ont fui, chassés par toute cette terreur... Des familles de mes parents il ne reste personne, tous partis ailleurs: en Barbarie ou dans des villes plus grandes où il est plus facile de cacher son origine, parce qu'ici à Huesca nous nous connaissons tous. À ce rythme-là il ne restera plus personne...

Recensement des nouveaux convertis du faubourg de la Nouvelle Chrétienté et d'autres quartiers de la ville le premier jour de janvier de l'an mille cinq cent quatre-vingt-cinq réalisé pour la capitation que le trésorier de la communauté des nouveaux chrétiens recouvrera avant le vingtième jour de mars en vue de payer la cote qu'ils doivent acquitter annuellement au Saint-Office selon une vieille coutume. De nos jours, ils doivent tous payer, même les mineurs à partir de douze ans, cinq sous par personne. Si quelqu'un ne peut le faire, ce sera la confrérie de Sainte-Anne, regroupant tous les nouveaux convertis, qui paiera.

Dans la rue Saint-Martin du faubourg de la Nouvelle Chrétienté se trouvent les feux de:

- Marguán, mercier, avec trois habitants et cinq domestiques, tous maures convertis: huit têtes.

- Felipe Gali, hippiatre, avec six habitants et une servante.

- María Aburrabía, veuve de Jerónimo Compás, maître d'œuvre et sa fille Olaria.

- Luis al-Fanaquí, charpentier, quatre habitants et une vieille servante également convertie.

- Miguel al-Borchí, chaudronnier, cinq habitants et deux servantes qui paient également la capitation.

- Ramón de Naxar, charpentier, neuf habitants, une vieille servante et une autre domestique, onze têtes.

- Maison de Felipe de Puibolea, fournier, condamné à mort, saisie par la ville et louée pour deux ans à María de Salas, vieille chrétienne, pour cinquante sous. Ne paie pas.

- Maison de Gabriel Çafar, marchand, condamné à mort, fermée. Saisie par la ville et louée, conjointement à la boutique que Gabriel Çafar avait sur la place Saint-Laurent, à Dámaso de Antillón, marchand, vieux chrétien, pour deux cents sous annuels. Ne paie pas.

- Maison de Jerónimo Çafar, marchand, condamné à mort, deux femmes et une petite fille.

- Maison de Ricardo de Lopiñén, forgeron, condamné à mort, deux femmes et trois domestiques.

- Maison de Magdalena ben Abou, condamnée à mort, fermée. Actuellement louée par Raimundo Becana, agriculteur, vieux chrétien payant vingt sous annuels au conseil. Ne paie pas.

- Fresina de Ubécar, veuve de Francés de Cuart, maître d'œuvre, quatre têtes.

- Maison de Domingo Moferix, tailleur, condamné aux galères à perpétuité, sept habitants plus une servante et deux domestiques.

- Florentín Aburrabén, potier, neuf habitants, deux domestiques et une servante, douze têtes.

- Maison de Jerónimo de Albero, mercier, en ruines depuis que les maîtres sont partis il y a trois ans.

- Maison de Pedret al-Fanaquí, potier, fermée également.

- Maison de Jusepe el Royo, cardeur, n'habite plus ici, fermée.

- Maison de Mateo Moferix, forgeron, n'habite plus ici, fermée.

- Maison de Monserrate Lacasa, tuilier, habitant actuellement à Saragosse, louée à Jaime de Pau, tuilier, vieux chrétien. Ne paie pas.

Dans l'impasse du centre...

... Je ne sais ce que l'avenir nous réserve, si nous devrons partir ou s'ils finiront par tous nous tuer en ces temps de persécution sans fin, nous sommes tous suspects de conspirer contre le roi, suspects d'empoisonner l'eau et provoquer les épidémies, suspects de célébrer secrètement des cérémonies mahométanes... je ne sais quel sort nous attend mais je rêve de le vivre auprès de Miguel... Et lorsque je l'ai dit à mon père avec l'innocence d'une enfant, il m'a répondu de ne même pas y penser, que pour éviter des problèmes, pour échapper à la persécution, il avait promis ma main à un vieux chrétien de la famille Lorés, j'y gagnais en sécurité et ces gens, qui avaient une lignée mais pas de biens, obtenaient un patrimoine pour leur héritier. Je ne l'avais même pas vu une seule fois, le fils des Lorés, mais quelle importance? Que pouvais-je faire? Naître femme revient à être très tôt une marchandise qu'on peut acheter et vendre et je fus vendue ou achetée ou les deux à la fois… María, ce sont des temps difficiles, ma fille, tu vois bien que les nouveaux convertis sont continuellement harcelés et qu'il n'y a pas d'autre solution pour échapper à cette menace que de te marier avec un fils d'*infanzones* si nous voulons que tu puisses être libre et vivre en paix à Huesca… Je pouvais encore sentir le souffle de Miguel, le fils de l'hippiatre, de jour comme de nuit, chaque fois que mon mari posait la main sur mon corps je fermais les yeux et me souvenais de Miguelón et de ses dix-sept ans, la douceur de son regard bleu, ses cheveux blonds, sa peau si blanche et sa voix me susurrant à l'oreille María, Marieta, tu dois être ma femme… et dans ma poitrine explosait un volcan… Juan croyait qu'il naissait de son amour mais en réalité je sentais Miguel à mes côtés, son souffle sur ma nuque, ses mains parcourant tout mon corps et sa bouche humectant mon ventre… Ainsi seulement je pus ravaler ce torrent de larmes impétueux qui m'inondait d'amertume, mais jamais personne ne soupçonna ce qui bouillonnait dans ma tête et faisait battre mon cœur, personne sauf ma mère…

Je n'ai pas pardonné à mon père, pas même après sa mort mais ma mère, qui savait lire dans mes yeux, a tout de suite compris que je n'étais pas heureuse car son histoire avait été la même que la mienne, je n'avais rien à lui pardonner, c'était une autre condamnée du simple fait d'être femme, n'ayant pas même le droit de se plaindre. S'ils m'ont achetée c'est que père m'a vendue et l'achat se réalisa au mois de septembre mille cinq cent quatre-vingt-cinq dans l'église Saint-Martin avec une cérémonie solennelle ainsi qu'il convenait à notre situation économique et comme une manière de plus de nier notre origine. J'ai été un objet de troc béni par le sacrement du mariage à l'église et auparavant, chez le notaire Pilarés, le contrat de mariage fut une simple transaction commerciale comme celles que l'on faisait dans la boutique. Ma dot minutieusement décrite sous les yeux avides et étincelants des Lorés, dont la cupidité semblait illuminer le visage. Juan et moi assistions au marché la tête basse, honteux de tant d'hypocrisie et lui peut-être aussi parce qu'il considérait immoral cet achat fait depuis sa position privilégiée. Si je levais les yeux, c'était pour les laisser vaguer dans la pièce, errant sur les ombres brisées par un rayon de soleil où des milliers de particules de poussière dansaient. Il entrait à travers un volet entrouvert, traversait la pièce et la divisait en deux; là où la lumière arrivait, tout se matérialisait en des formes concrètes et réelles, une étagère pleine de dossiers et quelques registres reliés en parchemin, l'année écrite à l'encre noire au dos: 1580, 1581, 1582... ordre parfait et je pensais que j'y serais inscrite pour l'éternité, pour tous les ans et tous les siècles, j'étais prise de vertige, le temps m'a toujours fait peur c'est pourquoi je chassai immédiatement toute pensée et examinai de nouveau la table. D'un côté se trouvait le notaire, nous de l'autre et au milieu des papiers, un encrier bleu semblable à la vaisselle que l'on rapporte de Muel, deux plumes et un crucifix; derrière le docteur Miguel de Pilarés, sec comme un sarment mais au regard doux qui me rassurait pendant cet acte honteux, à moitié dans l'obscurité on voyait quelques toiles, l'une de la Vierge et l'Enfant, deux autres des saints que je ne sus pas identifier mais je crois que l'une représentait saint Jean et l'autre un martyr tenant une palme dans la main droite... Je le regardai un long moment et me voyais aussi, tout comme lui, avec la palme du martyre...

Un raclement de gorge de ma mère me rattrapa dans ma fuite tandis que la voix de mon père résonnant sur les murs me ramenait à la réalité. Je le trouvai vaniteux comme un paon, énumérant sa fortune héritée de générations de marchands; chaque fois qu'il citait un bien et le faisait enregistrer en détail par le notaire il regardait les Lorés que l'orgueil de classe – il paraît que le titre de noblesse leur vient du roi Jean Ier – obligeait à maintenir le regard à la hauteur du sien comme s'il s'agissait d'un duel entre ennemis plutôt que d'un supposé acte d'amitié entre égaux. Les voix me parvenaient assourdies, j'avais décidé de fermer l'oreille au prix d'une enfant morisque de treize ans baptisée, mais la voix de père franchissait les barrières que j'avais mises: quatre champs de culture sèche de vingt arpents chacun à Las Mártires, deux grands vignobles à Morillón et un autre à Miquera de jeunes plants d'un an, irrigué; trois terrains potagers à Salas, une vigne close de murets en pisé à Santa María de Fuera, sur le chemin de Montearagón; deux champs d'oliviers à Monzur, un moulin à farine et un autre à foulon à Pueyo de Fañanás, deux maisons louées dans le quartier des Ballesteros et la maison de la rue Saint-Martin, deux boutiques à l'Alquibla – à Saint-Laurent, corrigea le notaire pour bien faire comprendre que le nom arabe devait être proscrit –, une bergerie, une aire à blé et un bercail à Loreto, un pressoir à Los Molinos, deux cents brebis qui paissaient alors sur les pacages de Pompién, trois chevaux, une jument, deux mules plus les rentes d'Alberuela, Sangarrén et celles de la vieille commanderie du Temple... en plus de quelques bijoux en or, argent, acier et perle, de la vaisselle, des tapis, des salières, des petites cuillers en argent, des vêtements, cinq cents anciens ducats d'or...

... un chapelet de cristal, des boucles d'oreilles en or, une pierre de sang ornée d'argent, deux petites cuillers en cristal d'Italie, un cristal serti sur argent, une toupie avec sa chaînette et un petit sifflet d'argent, quatre grelots en argent doré, trois parures de perles, quatre bagues en or avec chacune sa pierre, jaune, rouge, verte et bleue, cinq bagues d'or de six deniers et trois grains, une autre avec une perle, une bague en acier avec un diamant, une chaîne en or avec des maillons triangulaires de six onces, une autre chaîne avec des maillons carrés de onze onces et sept deniers, deux bracelets en or de cinq onces, des lunettes en or, huit petites cuillers en argent de sept onces et trois deniers, vingt pièces d'or d'un collier de trois onces et trois deniers, une bague en or ornée d'une turquoise, six bagues en or avec des pierres, deux boucles d'oreilles en or avec chacune quatre perles piriformes, deux autres boucles d'oreilles avec des pendentifs, trente perles et quarante grenats, un ruban en or et trente-quatre pièces d'or sur un ruban de velours, un chapelet en ivoire avec cinq Pater en or, trois chaînes en acier, une pièce d'or de neuf onces, un collier en or de onze onces, un autre avec vingt perles, un autre avec quinze perles et au milieu une grande émeraude, un ruban en velours avec seize perles, une coupe en or de dix-huit onces, une tasse en argent

plaqué or avec les lettres JHS, une autre petite tasse en argent blanc de dix onces, une salière et une poivrière en argent doré de neuf onces avec la marque de Saragosse et les lettres MM, une autre salière en argent de douze onces, un broc ancien en argent de vingt onces, un plateau avec six verres tout en argent ouvragé de...

... Et dans la grande salle à manger une table en noyer, une armoire encastrée et un coffre également en noyer, douze chaises en bois avec dossier en cuir de Cordoue ouvragé, un autre placard encastré avec vingt-quatre assiettes en faïence de Malaga, vingt couteaux aux manches en os et lames de Tolède, deux douzaines de cuillers en acier, vingt coupes en cristal de Barcelone, six petites cuillers en argent, deux chandeliers en bronze, l'un à trois branches, l'autre à cinq; deux toiles l'une représentant l'arche de Noé, l'autre un pont et un enfant le traversant; une tapisserie des Flandres représentant deux femmes nues, deux tapisseries ornées de figures héraldiques, une étagère avec six livres de fables d'Ésope, de poèmes, d'Amadis, de Pétrarque, la chronique de l'illustre infant don Fernando et un autre livre d'épigrammes en latin...

... Dans la chambre située à l'avant de la maison, un grand lit avec matelas en laine, un couvre-lit en toile de Gênes avec des bandes de soie orientale jaunes et vermeilles, un dessus-de-lit en tissu de Damas, un traversin brodé et garni de dentelle, un placard avec dix draps de lin à dentelles et deux chaufferettes en cuivre; un tapis écarlate, un tapis mural avec une scène de l'Odyssée, un crucifix en argent, une cuvette, un miroir d'Italie, un coffre en bois sculpté contenant six robes de soie et deux chapeaux de femme, une veste, une robe en velours, des rubans...

... Dans le bureau, deux étagères avec trente-neuf livres imprimés et trois livres anciens écrits à la main, l'un avec des illustrations en couleur qui est un livre d'heures; une table en noyer, un banc avec dossier en cuir de Cordoue, un placard renfermant les livres de comptes de la maison et de la boutique, les titres de propriété, des loyers et des rentes; une petite peinture d'un Ecce Homo, un tabouret pliant, une tapisserie avec des motifs, deux peintures de saint Joachim et de sainte Anne, un sablier d'argent doré avec du sable vermeil, un banc avec deux coussins de soie rouge et bleue, un tapis de Javierre d'étoffe rouge à motifs...

... Dans la cuisine... dans la buanderie... dans la pièce à l'arrière de la maison... dans la chambre à l'étage... dans l'alcôve... dans le mirador... dans la dépense... dans l'écurie... dans le cellier... dans le grenier... dans le...

... Père continuait d'énumérer chaque chose, s'en repaissant comme si chaque fois il redisait mon prix. Les Lorés eurent vite terminé: Juan apportait son nom et une bonté naturelle que ses vingt ans n'avaient pas corrompue et que le passage des années ne put lui ravir, tout comme ses parents ne purent, non plus, le brouiller avec moi, même dans les moments les plus durs... À la fin du document, je ne sais comment j'eus la force de prendre la plume et la tremper dans l'encrier pour signer ma vente. «La jeune fille sait signer?» demanda Lorés sur un ton moqueur et le regard acéré de père prit alors l'ascendant sur celui de mon beau-père. «Oui, elle sait et elle sait aussi lire en romance et en latin.» Nous étions des nouveaux chrétiens, mais riches et cultivés, j'avais eu des précepteurs comme les demoiselles des plus riches maisons de la ville et mon père en faisait grand étalage... Il m'avait vendue cher et le faisait bien comprendre, il en tirait vanité et j'observai pour la dernière fois ce regard arrogant, froid et calculateur, plus jamais je ne pus le faire; chaque fois que je songeais à cette histoire j'avais l'estomac retourné rien que de penser à la honte d'être une simple marchandise. J'ai juré de ne pas lui pardonner, et même sur l'échafaud je ne l'ai pas fait; qu'il pourrisse aux enfers, s'ils existent...

IV À L'HEURE DU TRÉPAS

«Mère!» criai-je au milieu de la foule et mille visages se
tournèrent vers moi, me foudroyant d'une colère qui
m'effraya. «Mère!» criai-je de nouveau au-dessus de tant de
bruit et de clameurs; mère devina de qui et d'où venait la
voix, leva son regard humide et le fixa dans mes yeux qui
pleuraient pour la première fois depuis que j'avais décidé
de ravaler mon chagrin le jour de mes noces... Pathétique
défilé en direction de l'abattoir de ce troupeau de bêtes aux
mains attachées parcourant la rue des Prêcheurs depuis
l'Aljafería parmi les cris et les insultes jusqu'à déboucher
sur la place du marché où se dressait l'échafaud, orienté
vers l'Èbre, scène sur laquelle, devant des milliers de
personnes, on allait jouer la comédie d'un jugement décidé
à l'avance depuis les ténèbres des prisons inquisitoriales...
Mère se trouvait au premier rang avec tous ceux qui savaient
déjà qu'ils finiraient sur le bûcher, chacun avec la mitre
de papier, l'habit de serpillière et l'écriteau mentionnant le
délit... Morisque relaps, morisque convaincu de pratiques

musulmanes et niant les faits, luthérien, hérétique, sorcière, sodomite impénitent, ouvraient le lugubre cortège, certains la tête basse, comme mon père, que je ne pus m'empêcher de regarder sans ressentir la moindre compassion, d'autres marchaient fiers et arrogants, certains de mourir pour leurs idées sans trahir les fondements de leur existence; suivaient les délits mineurs, blasphémateurs et parjures bâillonnés qui paieraient leur dette envers la justice par le fouet, une amende ou un internement dans un couvent où on leur enseignerait la doctrine chrétienne... Pantomime de jugement, deux heures de pur théâtre, cris et vivats de ceux qui se disent chrétiens, ont la charité pour vertu et promettent de pardonner chaque fois qu'ils disent le Notre Père, et sont capables de se réjouir devant dix épouvantails humains brûlant dans le plus sauvage et inimaginable rituel, qu'ils brûlent, maudite racaille, regarde, regarde comme ils se tordent...

Jacques de Lille, voyageur français ayant visité les terres du nord de l'Afrique et l'Espagne entre 1575 et 1590, écrit dans son journal, trouvé il y a peu dans la ville de Narbonne où il est mort en 1628, ce que nous transcrivons ci-dessous:
«... Le jour où l'autodafé devait se célébrer se leva sous un ciel complètement bleu, si limpide que cela me semblait anormal après deux jours d'un brouillard dense qui avait réveillé en moi le souvenir de ma terre flamande. Le vent qu'ici on appelle cierzo était si fort qu'il entraînait les abondantes ordures et autres saletés entassées partout dans la ville sauf à proximité des palais des nobles, même si ces lieux n'y échappaient pas toujours. L'inclémence du temps était totale, le vent faisait

pénétrer le froid jusque dans les os et malgré tout, les rues menant à la prison de l'Inquisition dans le vieux palais de l'Aljafería, ancienne résidence des rois maures puis des rois d'Aragon, étaient pleines de monde, tout comme une grande rue droite et longue qui depuis les abords de la prison conduit à la place du marché, où une foule s'entassait véritablement, au point que tout le monde ne logeait pas et beaucoup devaient se contenter de rester aux alentours de la place, comble dès avant l'aube, une foule diverse, multicolore mais surtout bruyante, attendant le spectacle du jugement d'une trentaine de personnes et le sacrifice d'une dizaine d'entre elles qui dès neuf heures, commencèrent leur défilé parmi les cris de ceux qui affluaient tout le long de l'itinéraire, hommes, femmes et enfants de toute sorte et de toute condition, sans redouter l'air glacial, dans un joyeux tumulte, riant des malheureux dont les yeux reflétaient la terreur. Je fus surpris de voir la dignité de plus d'un condamné, la tête droite, ne se laissant pas intimider par les paroles et gestes menaçants, comme s'ils n'avaient pas peur, bien qu'à moins de deux mille aunes l'échafaud fût dressé et les bûchers où les condamnés à mort seraient brûlés, préparés. On aurait dit que certains se sentaient confiants, inébranlables, ils possédaient la sérénité avec laquelle les martyrs chrétiens acceptaient le sacrifice. Au prix d'un grand effort je pus atteindre la place du marché avec mon guide qui me servait aussi d'interprète, bien que ce matin-là le spectacle fût tellement puissant que je n'eus pas besoin de comprendre le moindre mot, les images disaient tout. Depuis l'endroit où nous nous trouvions, nous n'entendions rien du jugement mais cela n'avait pas d'importance, nous savions déjà tous quelle peine attendait chacun grâce à l'écriteau porté par les condamnés, que mon guide traduisait patiemment, même si à part certains mots très particuliers comme bruja[5], relapso[5] *ou* negativo convicto[5], *dans l'ensemble ils étaient clairs,* luterano[5], blasfemo[5], sodomita[5]... *Ceux qui se trouvaient plus près de l'échafaud extériorisaient leur joie lorsque les juges annonçaient les peines, en premier lieu celles des condamnés aux châtiments légers, des applaudissements, des acclamations, des éclats de rire sarcastiques accompagnaient les coups de fouet reçus par de nombreux condamnés pour des délits mineurs, trente coups à celui-ci, nouveau chrétien convaincu de pratiquer l'Islam et repenti, vingt à ces deux-là, blasphémateurs bâillonnés, vingt-cinq à une parjure dont je n'ai pu voir le visage, quarante à un garçon d'à peine quinze ans en raison de sa bestialité... À l'annonce des années de prison et du montant des amendes les manifestations de joie se multipliaient, spécialement s'il s'agissait d'une condamnation aux galères pour un temps ou à perpétuité, comme ce fut le cas pour un homme accusé de pratiquer la magie et d'invoquer les forces du mal... Cet esprit collectif cruel, vindicatif et insensible des gens contrastait avec l'amabilité et l'hospitalité d'une ville qui m'avait paru cordiale, de personnes ouvertes et au sourire facile, si éloignées de l'air grave et austère des habitants des terres castillanes. Comment est-il possible que la barbarie mise en scène dans ce spectacle les ait transformés au point d'en faire des bêtes féroces contre ces hommes et ces femmes sans défense? Il était déjà midi lorsque les cris incontrôlés jaillissant de l'attroupement indiquèrent que le moment clé, l'apogée de ce matin plein de lumière dont le soleil tiède avait réchauffé l'atmosphère, ou peut-être était-ce l'entassement de gens rendant tout déplacement impossible et la tension que l'on respirait qui avaient élevé la température,*

---

[5] : *sorcière, relaps, convaincu de faute niant son délit, luthérien, blasphémateur, sodomite. Ces mots sont en castillan dans le texte de Jacques de Lille. (Note de l'auteur)*

ce moment tant attendu était sur le point de commencer...
Après avoir entendu leur condamnation, à peine audible à
deux mètres en raison du vacarme de la foule de plus en plus
fébrile à mesure que le sacrifice approchait, les condamnés à
mort étaient conduits les uns après les autres vers le bûcher puis
attachés au tronc, certains se confessèrent, d'autres refusèrent le
sacrement. Je comptai dix condamnés, âgés pour la plupart,
hormis un luthérien à qui l'on ne donnait pas plus de seize ou
dix-sept ans. Ils passèrent dans cet ordre: un morisque et une
morisque de Huesca, mari et femme, convaincus de se livrer à
des rites musulmans, niant les faits; une morisque de Saragosse,
relapse; trois morisques d'un village qui s'appelait, je crois,
Calanda, relaps également, une sorcière de Tauste, le luthérien,
qui venait de Jaca; un hérétique d'un village dont j'ai oublié
le nom et un sodomite de Saragosse appelé Agustín de Bonilla,
dont mon guide connaissait le nom car c'était un homme
populaire dans la ville, quelqu'un de cultivé et jouissant d'une
bonne réputation jusqu'à ce qu'il soit pris en flagrant délit de
fornication avec l'un de ses élèves, lequel a fui avant d'être
incarcéré et se serait, paraît-il, réfugié en France. Pendant un
moment le vacarme s'atténua comme si tout le monde avait
obéi à un ordre invisible ou comme s'il s'agissait d'un rituel
propre au spectacle qui, selon mon guide, avait été célébré
chaque hiver les années précédentes et que les gens avaient
appris tout le protocole de la cérémonie; quelle qu'en soit
l'explication, ce silence rompu uniquement par les mugissements
du cierzo, rendait encore plus dramatique, s'il se peut, la
terrible scène de dix bûchers couronnés par un être humain sur
le point de disparaître au milieu des flammes et d'un autre feu
avec un mannequin grandeur nature, également coiffé d'une

mitre, revêtu d'un habit de bure et portant un écriteau où l'on pouvait lire Ramón de Estadilla, sodomite fugitif. Le guide m'expliqua qu'il s'agissait d'une exécution en effigie, que l'on faisait chaque fois qu'un condamné était déjà décédé au moment de l'exécution ou s'il avait réussi à s'enfuir, cela consistait en une «mort symbolique» pour bien montrer que personne ne peut échapper à la condamnation du Saint-Office. Il me parut d'une cruauté gratuite et inutile d'humilier de cette manière un mort ou quelqu'un que l'on ne pourrait jamais attraper... Comme en réponse à un autre ordre mystérieux, une clameur générale rompit soudain le silence, évacuant la tension lorsque tous furent attachés et le premier feu, allumé, celui de la morisque de Huesca, tandis qu'un frère prêcheur bénissait les suppliciés... Je fermai les yeux et me retournai lorsque les flammes transformèrent cette pauvre femme en torche vivante. Je ne peux me souvenir de ce qui se passa ensuite sans être frappé d'épouvante par l'odeur intense de chair brûlée qui en moins d'une minute nous imprégna, portée par le vent, pénétrant jusqu'au plus profond des corps tous les témoins de cet abominable moment... Mais si je devais dire ce qui me fit le plus de mal, plus, même, que la honte, la férocité d'un jugement et une sentence exécrables, ce fut la brutalité des gens, les mêmes qui la veille, sans se forcer, s'étaient montrés exquisément aimables. La condition humaine est certainement difficile à connaître. Je ne pus rester et nous partîmes au milieu de cris de plus en plus forts, d'éclats de rire et de paroles qui étant donné le ton devaient être si terribles que je ne voulus pas que mon guide, Valero de Samblás, me les traduise. Ce dernier me conduisit jusqu'à l'auberge par d'étroites ruelles où l'air s'engouffrait et prenait tellement de *force qu'il rendait la marche difficile. Ce fut un soulagement d'entendre s'éteindre les cris avec la distance, mais l'abondante fumée et l'odeur de chair brûlée parvenaient encore jusqu'à nous lorsque nous atteignîmes l'auberge au-delà de la cathédrale, près de l'église de la Madeleine dont la tour est la plus belle de toutes celles de la ville, un véritable minaret visible depuis la fenêtre de la chambre et qui la nuit, au clair de lune, reflétait la lumière en des tons bleutés tirant sur le vert comme un dernier hommage à son maître d'œuvre, un maure anonyme du treizième siècle lorsque, dit-on, les musulmans et les chrétiens coexistaient sur ces terres dans une certaine harmonie. Le lendemain à l'aube je quittai la ville, la terreur encore vive, comme chevillée au corps, je ne voulais pas rester ne serait-ce qu'un instant de plus ni même visiter ce que je n'avais pas vu, cela n'avait pas d'importance car Saragosse restera toujours pour moi avant tout l'image de l'épouvante et de la barbarie, oubliés tous les bons souvenirs antérieurs à ce jour de noirceur, de mort et de désespoir, l'amabilité des gens, la beauté de la cathédrale, prodige de luminosité avec tant de souvenirs arabes dans ses murs, la splendeur du sanctuaire des Saintes Masses, le palais des Luna, l'église Sainte-Marie avec son retable d'albâtre, l'élégance de tant de tours maures qui m'ont ébahi, notamment la tour de la ville, celle que l'on appelle Tour Neuve... Me rappelant tant de vestiges maures, tant d'histoire vivante de ce peuple, je ne peux empêcher que m'assaillent, comme preuve d'injustice et d'ingratitude, les corps des morisques suppliciés au milieu des applaudissements des gens, ces mêmes gens dont chaque heure de vie est marquée par l'horloge de la Tour Neuve, élevée au XVe siècle par des maîtres maures, ces gens qui lorsqu'ils parlent, utilisent sans s'en rendre* *compte mille vocables arabes, qui lorsqu'ils mangent se régalent de saveurs que j'ai goûtées au nord de l'Afrique, qui lorsqu'ils chantent – et à Saragosse il était facile de les entendre chanter dans des tavernes et des auberges, à toute heure du jour et de la nuit – donnent l'impression d'écouter les mélodies parfois joyeuses, d'autres fois plaintives, de n'importe quel endroit de Barbarie... En traversant l'Èbre, par le pont de bateaux près du vieux pont de pierre pour prendre la route pour Barcelone, je me retournai une dernière fois et crus voir, survolant la ville, un nuage de fumée noire qui éclipsait le soleil et plongeait dans la pénombre la beauté de toutes les tours menaçant le ciel. J'écris cela pendant la première escale du voyage, quelque part près de la grande rivière qui coule paisiblement, un endroit si aimable qu'il s'apparente davantage à un paysage lyrique que réel, avec en toile de fond le monastère cistercien de Rueda. Ici je peux retrouver la paix, oublier ne serait-ce qu'un instant ce cauchemar qui m'accompagnera chaque jour de ma vie mais qui ici, près de l'imposante noria qui élève l'eau de l'Èbre jusqu'à l'enceinte monacale, avec son chant monotone, semble s'adoucir tandis que je me réchauffe en cette matinée ensoleillée au temps si agréable.* »

... Mieux vaut ne me souvenir de rien et ne garder, de tout ce martyre inhumain, que la prestance de ma mère, la première à être attachée au poteau sur le tas de bois, son regard haut après avoir croisé le mien l'espace d'une seconde, refusant de baiser la croix qu'un moine approchait de sa bouche...
À côté d'elle, mon père, qui dans un acte ultime d'orgueil et de dignité, avant d'être attaché leva l'index et prononça

la chahada[6], reconnaissant sa foi en Allah... J'ai toujours soupçonné leur croyance aux lois du Prophète bien qu'ils l'aient soigneusement cachée, tout comme les cousins de ma mère, les Compás de Calanda, les trois également sur le bûcher... Quant à mon frère Jusepe j'étais certaine qu'il était instruit dans la foi mahométane, c'était l'héritier et il lui incombait de continuer la lignée, ce qui explique ses longs séjours, des mois entiers à Calanda, qui coïncidaient toujours, maintenant je le sais, avec les semaines du ramadan, chez oncle Ferrando, le premier condamné à mort de la famille cinq ans auparavant, lors de la première traque à mort des nouveaux convertis d'Aragon... Ce n'étaient pas des soupçons comme dans le cas de mes parents, Jusepe m'aimait énormément et me l'avait dit: «Je suis musulman, Marieta. Oncle Ferrando – qui en réalité s'appelle Abd Ar-Rahmán – m'a enseigné la sunna et la charia, j'ai même appris à lire l'arabe et je m'appelle Youssef. Jure de ne le dire à personne, Marieta, jure-le-moi parce qu'il en va de ma vie, sœur.» Et je le lui ai juré, bien sûr que je le lui ai juré. «Non, Jusepe, je ne le dirai pas, même si on me tue je ne le dirai pas...» Lorsque le chariot rempli d'orge et de seigle se dirigeant vers le grenier que nous avions à Huerrios s'est renversé et l'a écrasé, je ne pensais pas qu'un malheur plus grand fût possible pour un homme vigoureux de vingt ans; aujourd'hui, en voyant la moitié de la famille sur le point d'être brûlée, je pense qu'il a eu de la chance de périr sans avoir à connaître ni la honte ni la terreur du bûcher...

Ma mère doit éprouver en ce moment cette honte et cette terreur, alors qu'on allume le bois et qu'en moins d'une seconde une flambée rouge attisée par la bise glaciale

---

[6]: *profession de foi.*

enveloppe tout son corps et que la fumée l'emporte à jamais, devenue torche vivante puis cendres au-delà de tous les silences… J'avais quinze ans à ce moment-là et j'attendais mon premier enfant. Sept jours plus tard je fis une fausse couche. L'odeur de chair brûlée s'empara de moi à tout jamais et me rattrape souvent, dans mes rêves comme dans mes veilles… Cette odeur empeste-t-elle tellement que les gens hâtent le pas en me croisant ou baissent les yeux, retiennent leur respiration et m'ignorent quand je les salue?… Tout Huesca s'est retourné contre moi, seul Juan, ce bon Juan, de par son aide m'a rendu la vie moins difficile, c'est pourquoi j'ai continué à fermer les yeux et à puiser dans mes souvenirs lorsque je couchais avec lui et aussi pour l'amour de nos enfants, les trois qui ont survécu à l'enfance, Juan, Antonio et Agustín, tous les trois enterrés avec leur père, réunis dans la chapelle Saint-Michel de l'église des prêcheurs… L'été fatidique de mille six cent neuf emporta les deux aînés, coups de cloches funestes dans toutes les églises de la ville, depuis Saint-Michel à la cathédrale, de la Madeleine à Saint-Martin, à toute heure, des jeunes, des vieillards, des enfants… et mes fils, branches pleines de vie qui commençaient à fleurir, passèrent en trois jours de vie à trépas, comme si l'un des deux dieux avait décidé qu'il ne resterait pas la moindre goutte de sang maure dans la ville…

… L'épidémie entra dans la ville le quinzième de juillet mille six cent neuf ou du moins le premier cas de décès survint ce jour-là, précisément dans le quartier de la Nouvelle Chrétienté dans la maison des Tillero. On ne sait pas très bien de quelle maladie

il s'agissait, selon les professeurs de la faculté de médecine de l'université il semble qu'il puisse s'agir d'une sorte de nouvelle peste ne présentant pas les symptômes habituels, les tumeurs pleines de pus; tous les cas constatés et certifiés moururent asphyxiés à la suite d'une longue et douloureuse agonie avant d'expirer. En une semaine la terreur s'étendit à toute la ville et ses alentours, mais surtout au quartier des nouveaux convertis. Les gens, excités par les sermons dans toutes les églises et plus particulièrement dans celle des prêcheurs, commencèrent à dire qu'une punition divine s'abattait sur eux à cause des nombreux vices qui salissent la réputation de Huesca, mais par-dessus tout on accusait les morisques d'être la source de la contagion. Cette idée n'était pas particulière à notre ville, dans tous les royaumes d'Espagne, sans épidémies ni étranges maladies, on poursuivait les convertis, dans certains endroits on avait même déjà appliqué le décret royal d'expulsion et tel était peut-être le souhait de tous ceux qui accusaient les descendants des anciens musulmans de répandre le mal dans toute la ville. Cette possibilité, soumise à discussion à la faculté de théologie, fut rejetée ouvertement et on publia même un document pour la défense de la communauté. Pourtant, s'il en allait ainsi pour les théologiens, il en allait tout autrement pour les prêtres et les moines avec à leur tête l'évêque et à la bouche leurs sempiternels prêches et rumeurs, dont le but véritable n'était rien d'autre que l'affrontement entre les deux communautés. Sur les trois cents cas mortels, presque cent étaient des convertis, de tous les âges et de toutes les conditions... Un grand nombre de défunts étaient emmenés chaque jour directement de leur maison à la fosse paroissiale correspondante sans passer par l'église afin d'éviter la propagation de l'épidémie, mais seules

les premières pluies de début septembre purent venir à bout du mal. Sur toutes les victimes du quartier de la Nouvelle Chrétienté, deux méritent d'être mentionnées car plus le temps passe et plus j'ai de doutes à propos de leur mort, à savoir si elle fut provoquée par l'épidémie ou bien par un empoisonnement. Lorsqu'on m'appela au chevet des fils de Juan de Lorés et María de Marguán qui selon leur mère avaient attrapé le mal, je vis immédiatement que les symptômes semblaient différents, la maladie en train de les tuer ne se trouvait pas dans les poumons mais se présentait sous forme de fortes douleurs d'estomac et de vomissements sanguinolents... En trois jours ils furent tous deux emportés, deux jeunes hommes robustes et forts comme des chênes irrémédiablement anéantis. Je constatai leur décès et fis part aux autorités de mes doutes concernant la cause de celui-ci mais personne n'en fit cas, nous vivions des moments difficiles dans la ville et la vie de deux convertis ne valait pas plus que celle de n'importe quel vieux chrétien. Ni les avocats ni les docteurs, ni les barbiers ni les chirurgiens, ni les consuls, ni les juges, ni les notaires n'étaient en nombre suffisant ces jours-là et Juan et Antonio de Lorés furent considérés comme deux victimes de plus de l'épidémie les onze et quatorze août. Lorsque quelques années plus tard leur frère Agustín fut sauvagement tué, toute la descendance de Juan de Lorés et María de Marguán s'éteignant avec lui, je parvins à la conclusion que mes soupçons étaient fondés. Qui fut derrière ces trois morts? Dieu seul le sait. Ce que je veux maintenant que je suis sur le point d'expirer c'est confesser par écrit ma lâcheté de n'avoir rien fait pour élucider la mort de Juan et Antonio, demander l'absolution et mourir la conscience tranquille, et que Dieu me pardonne car il est certain que si on avait découvert qui les avait empoisonnés, ni Juan de Lorés ni Agustín son fils ne seraient morts et peut-être María de Marguán ne serait-elle pas passée entre les mains de l'Inquisition...Les remords m'ont obligé à déménager à Saragosse il y a quelques années mais les fantômes des Lorés me poursuivent où que j'aille et il se peut même qu'ils me rattrapent une fois mort...

(Fragment d'un écrit sans date ni signature sur une feuille volante conservée dans un protocole de 1617 du notaire de Barbastro don Sebastián de Castillón)

... Depuis lors, la lumière des yeux de Juan a décliné jour après jour, la couleur de son visage s'est ternie, son âme s'est assombrie jusqu'à se perdre dans des abîmes si noirs et profonds que nous ne parvenions plus à le ramener parmi nous, le regard toujours fixé sur je ne sais quel mystérieux rai de lumière au-delà des fenêtres, absorbé par ses rêves, inaccessible, puis nous ne sûmes même plus où était passé son regard, complètement éteint et ses yeux devinrent incapables de distinguer le jour de la nuit... Presque quatre ans de silences qui nous ont rendu muets tous les trois... Agustín grandissait dans la douleur d'une solitude si corporelle qu'elle en était palpable... Ni frères ni père, juste une mère qui portait la tache d'être morisque et fille de condamnés, une honte qui le mettait à l'écart, brouillé avec tous, même avec les Lorés qui ne l'ont jamais considéré comme leurs autres petits-enfants car Juan avec son affection dressa des obstacles qui me protégeaient et nous isolaient de tous et Agustín n'était rien d'autre qu'un maudit converti bien qu'il fût du même sang qu'eux... La moitié de son sang, musulmane, souillait l'autre moitié, chrétienne...

Les conseillers élus pour étudier les demandes d'admission dans cette université, que ce soit pour préparer le baccalauréat en arts[7] ou pour entrer dans n'importe quelle faculté de cette université sertorienne*, réunis en séance plénière le vingt mai mille six cent douze, une fois vue et étudiée la demande d'Agustín de Lorés y Marguán, fils de feu Juan de Lorés, infanzón, et de María de Marguán, nouvelle convertie, sont convenus à l'unanimité que:

Premièrement. Le niveau de connaissances du susnommé Agustín de Lorés est déclaré conforme aux exigences habituelles et même, dans le cas de la langue latine, les dépasse.

Deuxièmement. Sa fidélité à la sainte mère Église catholique romaine ainsi que l'observance de ses obligations religieuses dans la paroisse Saint-Martin de cette ville ont été pleinement prouvées.

Troisièmement. Son serment de croire et défendre le mystère de l'Immaculée Conception de Marie, condition sine qua non pour entrer dans cette université, est pris en considération.

Quatrièmement. Du côté de la famille paternelle la pureté de sang a été démontrée jusqu'à la cinquième génération; selon les lettres et documents présentés, aucun Juif ni musulman n'apparaît parmi ses aïeux.

Cinquièmement. Du côté de la famille maternelle toute la lignée est musulmane, aujourd'hui convertie, sans qu'aucun vieux chrétien n'apparaisse. Il est, de plus, petit-fils de condamnés à mort.

Sixièmement. Eu égard au cinquième point, il n'est pas possible d'admettre Agustín de Lorés comme étudiant à la faculté des arts dans cette université, ceci en vertu des statuts qui la régissent

---

[7]: *les arts libéraux étaient dispensés au cours d'années de propédeutique à l'issue desquelles les bacheliers pouvaient choisir une spécialité – médecine, théologie, droit, etc. –*

depuis ses origines au temps du roi Pierre IV et obligent tous les étudiants à la pureté de sang.

À communiquer par écrit à l'intéressé dans un délai maximum de trois jours.

Le Recteur, docteur en théologie don Jusepe de Lastanosa y Abarca.

Le Secrétaire, docteur en médecine don Ferrando de Gurrea y Garcés.

... Il était, comme moi, un maure maudit que seules la bonne position économique, l'habileté et l'astuce comme mercier défendaient de la bestialité des chrétiens fanatisés par des prêtres et des moines du haut de toutes les chaires d'églises et de couvents, les mêmes apologistes de la vérité religieuse unique qui l'empêchèrent d'entrer à l'université à cause de cette maudite moitié de sang impur, alors même qu'il vivait comme un chrétien et observait toutes les obligations et les commandements imposés par l'Église... Il voulait étudier la médecine mais jamais il ne put être autre chose que mercier... Maudits envieux de son élégance, de son regard haut et droit, de sa richesse, de son sang vertueux bien qu'impur. Tous les sangs ne sont-ils pas égaux ? Ne sont-ils pas tous rouges ? Quelle différence y a-t-il entre mon sang et celui d'un vieux chrétien ? Que cette réalité est éloignée des rêves de mon père, elle est tout le contraire de ce qu'il avait projeté, tous les miens emportés par le malheur, mon mariage avec un vieux chrétien n'a servi à rien si ma descendance est mise à l'écart, je suis maure à jamais bien que nous soyons baptisés et que nous

nous mariions avec des membres de cette lignée supérieure qui continuera à nous montrer du doigt, maure, maure... Mon père m'a mariée mais rien n'a changé ni pour moi ni pour les miens... Il m'a vendue et voilà ce qui est advenu. Comment pourrais-je le lui pardonner? Ni pour moi ni pour le fils qui me restait, condamné à pâtir de la souillure que je lui ai transmise. Non, je ne le lui pardonnerai pas. Et si un jour mon cœur s'attendrit que Dieu me tue avant que je puisse lui pardonner.

V L'ARRIVÉE

Quand je débarque, nuit de mai, pleine lune dans le ciel, Oran sent le jasmin, les roses, le poisson frit et mille arômes d'épices qui sortent des nombreuses gargotes et auberges près du port, le pain et les mets cuisant dans les maisons à chaque coin de rue; à peine passée la porte de la muraille donnant sur la mer on se retrouvait dans un labyrinthe de passages, venelles et ruelles en cul-de-sac zigzagant en un jeu incessant d'ombres et de lumière, de murs chaulés et de fenêtres bordées de bleu, munies de grilles, des hommes et des femmes allaient et venaient ou formaient des groupes qui conversaient, des enfants couraient et criaient, une véritable fourmilière qui me semblait extraordinaire, je n'avais pas conscience que c'était vendredi et que tous les musulmans habitant dans la médina rentraient chez eux après la dernière prière; c'était une diversité de couleurs, odeurs et voix capable de vous enivrer sous la clarté jaunâtre d'une nuit que j'espérais peut-être différente, en aucun cas avec cette solitude intérieure cognant mon estomac comme un poing au milieu de cette foule, une douleur née de l'inconnu et de l'impossibilité de communiquer avec les gens qui parlaient mille langues étranges et l'arabe que je ne comprenais pas, dont je ne gardais qu'un vague souvenir, quelques mots de la bouche de grand-mère. Le bateau arriva un jour plus tôt que prévu et personne, des Marguán désormais Guasquí, ne m'attendait dans l'immense port, peur et solitude, solitude surtout, mais je ne pouvais pas être triste au moment réjouissant d'achever un voyage de presque deux mois qu'il valait mieux oublier si je ne voulais pas que la peur s'enracine à jamais au plus profond de moi. Ben Amir ordonna à un garçon qui travaillait sur le navire, un grand gaillard à la peau sombre, de m'accompagner pour trouver la maison des al-Guasquí, il ne parlait qu'arabe mais je remarquai vite combien il est facile à Oran d'entendre parler romance, on voit des soldats, des clercs et des commerçants des royaumes d'Espagne et de nombreux exilés et réfugiés qui se sont réunis non loin de la porte de la Mer, Bab al-Bah'r, précisa mon guide, dans le faubourg d'Ifre, dans la zone de la grande mosquée, en si grand nombre qu'on appelle le quartier des Andalousiens*, je retrouve alors mon calme grâce à des odeurs et des mots qui me sont familiers…

Trouver la maison des Marguán s'avéra simple, le quartier andalousien d'Ifre est comme un village où tout le monde se connaît, en particulier les gens de bonne position sociale, jouissant d'une certaine réputation et du respect des dominateurs espagnols, avec qui ils entretiennent des relations commerciales et autres sur lesquelles je n'ai jamais voulu me renseigner. Les Guasquí ont ici librement repris le métier de marchand qui les avait enrichis en Aragon, enrichis au point d'en faire une proie alléchante pour les inquisiteurs... Ils eurent de la chance et purent s'échapper à temps, contrairement à mes parents et la famille de Calanda... Un enfant nous indiqua: «Voici la maison d'Ibrahim al-Guasquí», puis courant vers la pénombre il se perdit dans la nuit. Ibrahim s'appelait Andrés à Huesca, sa femme, Esperanza et leurs enfants Arnal, Domingo et Magdalena; comment s'appelaient-ils à présent? Leur maison se trouvait à côté de la nôtre et ils en avaient trois autres dans le quartier des Tanneries; les boutiques étaient situées à l'Alquibla et aux Forges, ils en possédaient même une, à l'intérieur de la muraille de pierre, près de la zuda* dans le quartier de l'université... Et des champs, des vignes, des jardins potagers... Ils étaient riches, les plus riches des Marguán, chez eux il y avait de l'argenterie, du verre français, des émaux italiens, des tapis et des draperies flamands, des livres et des peintures, des bijoux en argent et en or... Ils sont parvenus à sauver presque tout, ont vendu sans faire de bruit, en secret et, puissants comme ils l'étaient, ont réussi à préparer le départ en toute quiétude et leur richesse devenue pièces d'or leur permit à Oran, d'après ce que nous avons su à Huesca, de faire leur chemin immédiatement et d'atteindre, dans leurs aventures commerciales, les terres du Turc, la France, l'Italie. Oncle Andrés m'ouvrit, trente ans c'est long mais c'était bien lui, il n'avait guère changé, bourru, le visage rougi et le regard acéré comme une lame...

Au nom de Dieu. Louange à Dieu! À Huesca le dix février de l'an mille six cent quatorze.

Chers oncle et tante Andrés et Esperanza: Que Dieu vous bénisse tous les deux ainsi que mes cousins. Grâce aux ben Amir vivant à Marseille, qui envoyaient fréquemment des nouvelles à Huesca et nous ont transmis vos lettres, j'ai pu savoir comment vous faire parvenir celle-ci. J'espère que vous avez également reçu les nouvelles concernant la mort de mes parents et auparavant celle des oncles et tante Ferrando, Felipe et Miguela, nouvelles que nous vous avons envoyées par l'intermédiaire des al-Borchí lorsqu'ils sont partis de Huesca pour se rendre en Barbarie.

Ma vie a beaucoup changé depuis que vous avez quitté Huesca. La mort de mes parents, l'incessante persécution contre les convertis, de plus en plus forte, la mort de mes filles pas encore sevrées et celle de mes deux fils déjà grands, l'assassinat du troisième, la mélancolie de mon mari qui l'a enlevé à ce monde à la mort des deux aînés puis, après tant de malheurs que Dieu m'a envoyés et que j'ai accueillis comme des épreuves, je fus mise en jugement par le Saint-Office. Il est inutile de vous dire ce qui s'est passé car vous savez bien que quiconque entre à l'Aljafería est condamné à endurer les pires tortures imaginables et la terreur constante de succomber sans que personne ne puisse lui porter secours, on est entre leurs mains comme un agneau cerné par les loups. J'ai eu la vie sauve mais j'ai été condamnée à l'exil pour avoir confessé pratiquer des cérémonies mahométanes même si, comme vous le savez bien, je n'ai jamais été instruite dans la foi musulmane, mes parents voulant que je sois chrétienne pour sauver le patrimoine et ne pas avoir à abandonner Huesca. J'ai pourtant confessé me livrer à des rites musulmans car si je n'avais rien dit ils auraient fini par me broyer, me mettre en pièces, puis m'auraient brûlée et j'avais peur de mourir, non par crainte de Dieu mais parce que j'avais un fils que je voulais voir et à qui je voulais faire mes adieux. J'ai eu la vie sauve mais lorsque je suis revenue à Huesca mon fils était mort. J'avais deux mois pour préparer mon voyage, or, n'ayant désormais plus d'autre famille, étant seule, seule et perdue, j'ignore où celui-ci me mènera si vous refusez de m'accueillir. J'ai pu conserver quelques bijoux et pièces d'or que j'ai cachés et qui peuvent me permettre de payer le voyage et vivre quelques années, même si j'espère que Dieu me rappellera bientôt à lui car ma vie a perdu tout son sens, ils me l'ont ruinée. Si telle est la volonté de Dieu, d'ici douze semaines j'arriverai à Oran depuis Marseille, je ne sais pas exactement quel jour ni à quelle heure mais je ferai le voyage sur le bateau d'Abdoullah ben Amir, que vous connaissez bien je crois, puisque d'après ce qu'on m'a dit c'est lui qui habituellement transporte vos marchandises.

Je ne demande rien, simplement que pour l'amour que vous avez eu pour mes parents et par charité, vous m'aidiez et me protégiez dans ces moments de confusion et d'insécurité. J'ai besoin d'une maison où vivre, humble et petite, toute seule il ne me faut pas beaucoup d'espace, mais je serais ravie si elle était lumineuse et avait un petit jardin, je ne sais pas vivre sans être réveillée à l'aube par la lumière et le gazouillis des oiseaux. Je sais que rien ne sera comme à Huesca, mais il est vrai aussi qu'après tout ce qui m'est arrivé je ne m'habitue pas non plus à ma vie ici, à cette solitude, enfermée dans une maison où il ne reste rien de ce qu'il y avait avant, avec les fantômes de mes morts errant et se rendant maîtres de tout l'espace. Par sécurité, je ne sors presque pas de chez moi mais lorsque je suis dans la rue, avec l'ombre, toujours présente, de l'administrateur que l'Inquisition m'a assigné, je ne parviens pas à me débarrasser de tous ces regards pleins de rancœur et de dégoût qui me transpercent telles des flèches empoisonnées. Je suis seule et sans le réconfort de la parole. Même si on ne m'expulsait pas, il me faudrait partir car me voilà asphyxiée par cette atmosphère de rancœur qui comme un poison rend l'air irrespirable, je suis comme une lépreuse sans crécelle, une chienne enragée sans grelot, de la grêle sans nuages, tout le monde m'évite comme si ma seule présence annonçait un cataclysme. Pourvu qu'à Oran je puisse trouver un peu de paix jusqu'à la fin de mes jours. Que Dieu vous bénisse. Louange à Dieu!

Bien à vous,
María de Marguán

… «Ibrahim, dit-il sans me laisser le temps d'ouvrir la bouche; ici à Oran je m'appelle Ibrahim et ta tante, Leïla. Entre et repose-toi, le voyage est long et dur.» Il avança la main pour que je la lui baise puis me conduisit vers une pièce sans meubles excepté deux petites tables très basses, de nombreux coussins et un tapis recouvrant tout le sol. Tante Esperanza se leva et m'embrassa avec la même froideur que j'avais sentie dans le regard de mon oncle. «*Ahlan wa sahlan*, Mariame, nous t'attendions demain.» Elle se rassit dans le même coin sans rien ajouter, c'était mon oncle qui devait parler. Et il parla, il parla en son nom et au nom de toute la communauté de réfugiés de Huesca, plus de familles que je ne le pensais car les al-Fanaquí, les al-Borchí, les al-Naxar et une partie des al-Valencí vivaient ici, certains avaient fui lorsqu'on les avait obligés à se faire baptiser[8] mais presque tous, au début de la terrible persécution dans les années soixante-dix, peu avant que je naisse. Oncle les nomma tous, ainsi que leurs enfants et petits-enfants… Au sein de la communauté andalousienne, ceux de Huesca faisaient corps et se distinguaient même par leur façon de parler, ils n'avaient perdu ni leur identité ni leur langue…

En disant cela, sèchement et à voix basse, mon oncle ne cherchait pas à me donner une idée de la réalité, c'était le prologue des accords auxquels ils étaient arrivés tous ensemble et dont il devait me faire part: «Mariame, toi tu es chrétienne, tu n'as jamais été instruite dans la foi du Prophète, tu le sais bien puisque tu me l'as dit toi-même dans ta lettre; il est vrai que ton père a décidé depuis ta naissance que tu ne serais jamais musulmane et que tu te marierais avec un vieux chrétien, il ne voulait pas que tu sois une malheureuse enfermée dans le quartier musulman, mal vue et montrée du doigt. Pour nous tu es une renégate, une renégate comme ton père bien qu'il ait été condamné à mort comme tu nous le racontais, Mariame. Notre religion nous oblige à la charité et à l'hospitalité avec les chrétiens aussi mais cela ne veut pas dire que nous puissions t'admettre parmi nous, nous t'aiderons autant qu'il le faudra mais tu ne vivras pas dans notre quartier, nous t'avons réservé une maison dans un faubourg habité par des *murtaddines*, renégats de l'Islam et baptisés tout comme toi, un quartier extra-muros, un peu éloigné de la médina, près de la mer et

---

[8]: *Charles Quint en 1526 impose aux musulmans l'obligation de se faire baptiser. L'ordre d'expulsion des morisques, ou « nouveaux chrétiens », est une déclaration du marquis de Aytona au nom de Philippe III (II d'Aragon) en avril 1610.*

avec l'argent que tu as tu pourras y vivre en toute sérénité les années qu'Allah t'offrira... Nous te l'avons cherchée là-bas pour ta sécurité, tu seras loin des Espagnols, qui occupent les quartiers intra-muros et pourraient être un danger pour toi... Tu peux rester chez nous jusqu'à ce que tout soit prêt...» «Extra-muros, je quitte un enfer de marginalité pour tomber dans un autre, osai-je dire, interrompant son discours. Ni famille là-bas ni famille ici, seule... Est-ce de ma faute si mon père a décidé pour moi de ma vie? Ai-je été libre de choisir ne serait-ce qu'une seule fois? Musulmane en Aragon et chrétienne marquée par l'Inquisition à Oran... Condamnée là-bas et ici à être différente des autres... Eh bien qu'il en soit ainsi, mon oncle. Il n'est pas nécessaire d'attendre demain, nous pouvons aller dès maintenant à la maison que vous m'avez trouvée... ou n'importe où car il doit bien y avoir une auberge par ici, n'est-ce pas? Allons-y tout de suite, je ne veux pas que vous ayez à rougir de moi, j'ai déjà causé assez de honte à Huesca...»

Je me dirigeai droit vers la porte, Leïla m'en empêcha puis essaya de me rendre agréables les six jours que je passai chez eux, mais le poison, débordant, courait dans mes veines, je les exécrais tous autant que les bêtes féroces qui devant chez moi à Huesca vociféraient nuit et jour pute maure... Ici personne ne me le disait mais ça revenait au même... Condamnée à vivre dans un faubourg de chrétiens loin de ceux de mon sang et de ma langue, sans comprendre le moindre mot car bien que chrétiens, ce n'étaient pas des Espagnols qui habitaient ici, vivre sans connaître ni les gens ni les coutumes ni les règles de bienséance... Chaque fois que je suis obligée d'entrer dans la médina et y rencontre des gens d'Espagne je tâche de ne pas me faire remarquer, je ne me suis pas délivrée de la peur qu'ils m'inspirent; si ce sont des réfugiés musulmans, qui me connaissent et savent tout de ma vie, c'est pire car je perçois les mêmes regards de haine et de mépris que je sentais à Huesca…

Ma raison chavire et j'ai l'impression de devenir folle en sentant battre mes tempes… Que fais-je ici, seule en terre étrangère, une terre qui me blesse lorsque je regarde vers le nord et trouve la mer au lieu de la tache bleutée des montagnes de Guara, me déchire lorsque je me retourne vers le sud et ne trouve pas le vert des champs d'Almériz? Que fais-je sans le cierzo pour me rafraîchir, sans les lumières du soir teignant de rouge la terrasse, sans l'odeur du pain cuisant chaque nuit, sans le murmure des arbres du bois qui longe l'Isuela derrière la maison? Huesca, ce ne sont pas tous ceux qui m'ont expulsée et martyrisée ni ceux qui ont brutalement mis fin à la beauté d'Agustín; Huesca, c'est la sierra de Guara et la sierra de Gratal, l'aquilon, les champs, les couchers de soleil aux lumières rougeoyantes et les tons ocre de Montearagón… une mère qui égaya mon enfance, trois fils et deux filles qui me remplissent de nostalgie et de tristesse… Oran, ce sont tous ceux qui m'ont expulsée de leur vie avant même que je puisse en faire partie, rien d'autre que la solitude et les lamentations de la mer me crispant chaque jour un peu plus… Qu'ai-je et que puis-je avoir, hormis l'espoir que tout finisse une bonne fois et que n'importe lequel des deux dieux, si je compte encore pour eux, m'emmène là où il voudra…? Cela fait maintenant deux mois que je suis arrivée à Oran et de jour en jour Huesca occupe une plus grande place dans mes pensées; elle croît en moi à mesure que je me sens plus éloignée de ceux de mon sang qui me fermèrent leur porte... ceux-là mêmes qui se targuent d'être musulmans et de pratiquer la charité et l'hospitalité... Quelle différence y a-t-il entre ceux d'ici et ceux de là-bas?

Voilà deux mois que je vis dans la peine et le désespoir, deux mois à entendre jour et nuit le mugissement constant de la mer qui me rappelle à chaque instant que je suis là où je suis et chaque ressac inonde mon âme d'un dégoût aussi amer, saumâtre et profond que la mer elle-même. Deux mois qui ne sont pas une vie, seulement un voyage improbable vers le passé, portée par la nostalgie et la haine... Il ne me reste plus qu'à attendre.

VI LES ADIEUX

Assise ici, sur la terrasse face à Alméritz[9], je me réchauffe au soleil moribond d'un hiver qui s'est introduit dans mon cœur et a transi mon âme... Le vert des champs me console et au loin, très loin, si je tourne mon regard vers le sud, c'est la ligne presque droite de la sierra de Monegros et Salas, le sanctuaire de Salas, point d'arrivée des chemins de croix de chaque vendredi de carême avec les étudiants de l'université, prières obligées pour ceux qui devaient comme moi manifester leur foi à tout moment, quelle que soit la circonstance, car nous étions toujours tenus en suspicion... Je passe mes journées ici à attendre le retour des colombes, signe que la nuit approche; une fois le soleil couché je m'enferme dans la cuisine près du foyer, sans autre compagnie que les silhouettes qui comme des fantômes se dessinent derrière les bancs, projetées par les flammes... Les salles de réception de la maison, les chambres et alcôves, la dépense, les écuries, tout est fermé, vide, mort, depuis que je suis revenue de Saragosse il y a presque un mois avec l'igno-

---

[9]: *un quartier de Huesca*

minie, telle une brûlure, marquée au front comme elle l'était sur le papier, *elle dépose de manière spontanée la pratique de cérémonies de la secte de Mahomet, que tous ses biens soient saisis excepté ceux correspondant à des acquêts et ceux dont elle avait fait don à son époux qui passeront à son fils unique et à défaut aux héritiers qu'Agustín de Lorés aura désignés dans son testament ou, s'il mourait ab intestato, qu'ils aillent à ses héritiers légitimes mais, en vertu de la présente condamnation, il ne peut en aucun cas s'agir de sa mère, María de Marguán. Item, que dans un délai de trois mois elle quitte la ville de Huesca et toutes les terres où règne sa majesté le roi Philippe, III de Castille et II d'Aragon...* Le départ approche mais il reste encore le dur moment de dire adieu à toutes les choses, les unes après les autres, même aux babioles les plus insignifiantes... Terrible inventaire que dressent depuis trois jours le notaire Garcés, deux consuls de la ville, l'administrateur de l'Inquisition pour mon patrimoine et Ramón de Lorés, mon beau-père – le simple fait de le nommer me répugne – qui, à mon grand désespoir, héritera de la part des acquêts qui aurait dû aller à mon fils et de ce que mon père avait donné en pleine propriété à mon mari pour la sécurité du patrimoine, c'est-à-dire presque tout ce dont l'Inquisition ne s'empare pas... Une seule chose me réjouit en faisant la liste pièce par pièce, c'est que le jour même de l'assassinat d'Agustín, avant que les autorités y apposent des scellés, la maison a été pillée, ils ont emporté, tels des pies et des corbeaux, tout ce qui brillait, ils ont fouillé, fouiné comme des furets ou des belettes, l'ont mise sens dessus dessous; tant mieux, comme ça les Lorés ne pourront en profiter et cela me permet de nier avoir conservé les bijoux que je portais le jour de mes noces et les cinq cents vieux ducats d'or que mon père m'a légués, en plus de ce que Juan et moi avions économisé...

In Dei nomine. En ce jour, trentième de décembre mille cinq cent quatre-vingt-sept, sur l'échafaud dressé sur la place du marché de Saragosse, avant d'être livré au bras séculier, comparaît par-devant nous, Jimeno de Luna, notaire, Martín de Marguán, alias de Alcolea, pour ajouter un codicille à son testament public fait à Huesca le deuxième de septembre mille cinq cent quatre-vingt-six par-devant le notaire Miguel de Pilarés.

Premièrement. Avant d'être brûlé j'implore le pardon de tous ceux à qui j'ai pu faire du mal tout comme je pardonne à ceux qui m'en ont fait. J'espère bénéficier de la bienveillance de Dieu et jouir de la vie éternelle.

Deuxièmement. Mes héritiers acquitteront mes dettes pourvu qu'elles soient documentées.

Troisièmement. Conformément à ce qui a été inscrit dans ledit testament, mon légataire universel est mon gendre Juan de Lorés, selon ce qui a été convenu dans le contrat de mariage dudit Juan de Lorés avec ma fille María de Marguán, conclu le seize septembre 1585 par-devant le même notaire don Miguel de Pilarés.

Quatrièmement. Par le présent codicille je déclare que si Juan de Lorés meurt ab intestato avant ma fille, les biens devront passer directement à ses héritiers s'ils sont majeurs et s'ils sont mineurs, que María, ma fille, en dispose tant que dure la minorité. Si Juan de Lorés fait son testament, qu'il ne soit pas valide s'il n'exécute pas le contrat de mariage l'obligeant à nommer pour uniques héritiers ses fils et ma fille María dans le cas où ces derniers n'auraient pas de descendance directe ou indirecte.

Cinquièmement. Par le présent codicille je déclare également que de tous mes biens ma fille María Marguán héritera des bijoux qu'elle portait le jour de ses noces: un collier d'or et de perle, deux bracelets d'or et de perle, deux boucles d'oreilles en or et quatre perles, une ceinture consistant en une chaîne de vingt maillons et cinq cents vieux ducats d'or. Qu'elle fasse de ces biens ce qu'elle pensera avoir de mieux à faire.

J'ai signé, Martín de Marguán.

Témoins: Leonardo Castroviejo, prêtre, et Lope de Tauste, frère prêcheur.

Nous avons apposé notre seing, Jimeno de Luna, notaire.

… Ils ne trouveront rien de ce qui conformément à la sentence de l'Inquisition devait tomber aux mains du Saint-Office, ils ne pourront rien trouver, ils ne sauront jamais où tout cela est caché… Et à toi, Ramón de Lorés, les voleurs ne t'ont laissé ni argent ni or ni soie ni perle, ni même les livres qui se trouvaient dans le bureau de l'étage qui donne sur les montagnes de Guara, où nous passions si souvent des heures à lire, l'après-midi, ils ont tout pillé, mais tu t'empareras de cette maison, avec les terres et tous les biens que mon père a transmis à mon mari. Tu ne peux pas savoir combien je souffre de voir que tu as obtenu ce que tu voulais, que la richesse des Marguán donne du lustre à votre lignée, mais tu ne sais pas non plus combien je me réjouis que les trésors que cette maison renfermait ne puissent être tiens, je préfère qu'ils soient entre les mains de vulgaires voleurs plutôt qu'en ta possession. Toi qui n'as pleuré ni la mort de ton fils Juan ni l'assassinat d'Agustín, peut-être pleureras-tu la perte d'une partie de la seule chose qui t'ait jamais intéressé de moi…

Aujourd'hui nous avons terminé, tout est inventorié, on me laisse vivre dans cette maison jusqu'à mon départ – je devrais m'estimer heureuse –, dans une maison où il ne reste plus qu'un meuble vétuste dans la cuisine, un banc et deux chaises, un vieux coffre en pin, un lit campagnard avec cinq planches, un matelas et un traversin garni de paille, deux draps en chanvre usés et deux vieilles petites couvertures impropres à me protéger du froid de cet hiver qui me transit des pieds à la tête et me glace le sang… Chaque jour qui passe est un jour de moins dans cet enfer aussi sinistre que la prison de l'Aljafería; je ne mets quasiment pas le nez dehors, c'est Diego de Foncillas, l'administrateur nommé par l'Inquisition qui m'apporte ce dont j'ai besoin et me dit où en sont les préparatifs du voyage. Diego a été ami avec mon homme et a toujours montré beaucoup d'affection pour moi, comme à présent où il me défend des attaques continuelles des gens et fait en sorte qu'on me respecte car il représente le Saint-Office, sous la surveillance de qui je me trouve et me trouverai jusqu'à mon départ… Une seule main amicale et solidaire dans cette tragédie qui n'intéresse personne… «Va-t'en, cesse de polluer l'air…» Je sais maintenant que la lettre est partie de Valence en direction d'Oran et ne tardera guère à parvenir chez mon oncle et ma tante, je sais aussi que le bateau qui me mènera en Barbarie appareillera de Marseille, que c'est un navire oranais et que depuis la vallée d'Aure en France, de l'autre côté de la vallée de Chistau, jusqu'à Marseille, il me faudra parcourir un chemin ardu et périlleux, il y a beaucoup de bandits sur les terres de Provence… Je m'arrêterai à Carcassonne, Narbonne, Montpellier… tout est arrangé, tout est prêt et un jeune homme béarnais, fils de luthériens de Bielsa ayant fui l'Inquisition, a été engagé pour me guider… «Cela coûte cher, María, mais nous savons toi et moi que tu as pu sauver quelques anciens ducats, tu peux donc tout lui payer en arrivant dans le Béarn, à moi, qui t'escorterai jusqu'au port de Plan, tu ne me dois rien, je le fais en mémoire de Juan et de plus, c'est l'Inquisition qui doit me payer car je ne fais rien d'autre que de veiller à la bonne exécution de son ordre d'expulsion… Une fois à Oran, María, tu seras libre, avec les tiens, avec les anciens Marguán, la seule famille qui te reste… Il suffit juste de laisser passer ce froid, dès qu'il dégèlera un peu et que la neige fondra, le col sera dégagé et praticable… La France et ensuite, la liberté… ne regarde pas ce que tu laisses, pense à ce que tu vas trouver… Plus jamais pute maure, plus jamais fille de Satan, plus jamais de charivari ni de merde sur la façade ni de cris comme ceux d'hier… Je sais que tu n'es pas musulmane, María et que tu as été fidèle à Juan… Je serai avec toi jusqu'à ce que tu traverses la frontière, tant que tu seras avec moi personne ne te fera le moindre mal, ni les Lorés qui je crois, et Dieu me pardonne, sont tes pires ennemis, ceux qui te harcèlent et montent les gens contre toi…» «Les tourments se terminent, María, nous montons au col et en redescendant avec le garçon qui doit te conduire à Marseille tu seras libre, libre pour toujours…» «Au revoir, María, que Dieu te bénisse et t'accompagne…»

Libre, libre de quoi? Les souvenirs, je n'ai pu les enterrer au col, libre mais sans terre, avec mes morts comme compagnons de voyage... est-ce cela la liberté? Et si oui à quoi sert-elle sinon à rendre plus longue et douloureuse l'angoisse de ne pas savoir ce que je trouverai à Oran? Est-il possible de recommencer sa vie à quarante ans, sans la moindre espérance? Non, ce n'est pas moi qui pars, on me chasse et j'avance comme une âme en peine le regard fixé sur les lumières de l'aube qui illuminaient Huesca au moment de lui faire mes adieux... Un fantôme, c'est ce que je suis et serai jusqu'au dernier jour... libre probablement mais enchaînée à la prison des souvenirs, sans doute plus obscure encore que la plus obscure des prisons, plus lugubre que le brouillard le plus dense... et sans l'espoir que le vent du nord vienne le dissiper.

VII LE VOYAGE

Oncle Ferrando vint de Calanda pour la Saint-Michel, un automne ambré et chaud qui la nuit nous permettait de prendre le frais dans le jardin comme si nous étions en plein été. Les visites de mon oncle me remplissaient de joie, c'était une fête de l'entendre parler longuement, toujours avec des mots que nous comprenions tous, quelque chose de rare chez les adultes, qui ne pensent pas aux enfants, oncle faisait attention à nous, nous regardait fréquemment en demandant: «Est-ce que tu saisis? Est-ce clair?» Si on répondait oui il continuait mais s'il devinait qu'on était dans le noir il recommençait avec des mots différents... Je l'entendais encore depuis la chambre après m'être couchée, il parlait, parlait pendant des heures, très doucement, presque comme un murmure qui parvenait finalement à m'endormir, caressée par sa voix tandis que les autres adultes semblaient ne rien avoir à dire car on n'entendait personne à part mon oncle, d'autres fois ils parlaient tous en même temps, à voix basse, comme s'ils priaient, comme on le fait à l'église. Chaque visite était semblable, mais je garde tout particulièrement en mémoire la visite de cet automne-là car c'était la dernière fois que je le voyais, deux mois plus tard il fut arrêté et brûlé à Saragosse avec sa femme Miguela et oncle Felipe. Je me rappelle aussi cette visite car j'avais alors fait avec lui le premier voyage de ma vie…

«Comment est-ce possible, Marieta, que tu ne sois jamais allée à Alcolea? Tu n'aurais pas envie de connaître l'endroit où tu es née? Ton père ne pense vraiment à rien, comment peut-il ne pas t'y avoir emmenée alors que c'est si joli? Toi qui aimes tant la campagne, ça va te plaire. Alors on va y aller, de plus j'ai envie de voir la famille et il y a longtemps que je ne leur ai pas rendu visite…» On ne m'a jamais dit pourquoi père était parti d'Alcolea ni ce qu'un marchand faisait dans un village éloigné de toute route commerciale, je ne le saurai jamais, personne ne me l'a dit et je n'ai jamais demandé, père et mère n'en parlaient pas, ni du village ni des parents qui y habitaient, l'un marié à une sœur de ma mère, tante Eleonor, morte en couches très jeune. J'étais donc enchantée à l'idée de connaître mon village natal… mais la réalité surpassa tout ce que j'avais imaginé… Nous arrivâmes par le chemin de Sariñena en suivant la berge de l'Alcanadre, une énorme tache verte au milieu du désert jaune et rouge… Nous passâmes par Sijena, le monastère le plus remarquable d'Aragon. «Marieta, les nonnes qui y vivent sont plus riches que toutes les nonnes du royaume réunies…» Cependant, malgré mes supplications, oncle ne m'emmena pas le visiter… «Au retour, Marieta, au retour», mais en rentrant nous passâmes par la berge du Cinca jusqu'à Selgua et je ne connus donc pas Sijena et ses nonnes… «Ce village que tu vois, c'est Ontiñena, mais maintenant nous quittons le chemin royal et nous prenons le sentier menant à Alcolea...» Oh, mon Dieu, quelle vue! Après les terrains secs et argileux et les passages cailouteux, cette végétation, tous les verts imaginables jusqu'à l'horizon et des villages et encore des villages, tout proches... «Oui, Marieta; cette terre ce sont nos ancêtres qui l'ont enrichie, les Maures qui l'ont habitée, y ont creusé des canaux et la travaillent encore, car beaucoup ne l'ont pas abandonnée, sont restés ici...»

Je ne me rappelle guère combien de jours nous avons passés à Alcolea, ce sont des moments presque effacés de ma mémoire, mais je me souviens de la maison de mon oncle et ma tante à côté d'un canal d'amenée appelé Cibieca, près du moulin, la rumeur des eaux coulant juste au-dessous de la maison, les deux portes fermant le village, les venelles et impasses de la partie haute, si différentes de la grand-rue, large et longue, où les riches avaient leurs palais... au centre, la place du marché où en dirigeant le regard vers le haut on se perdait dans la hauteur des Ripas, verticales comme des murs, qui obligeaient les gens à regarder vers les champs s'ils voulaient élargir l'horizon... Le jour où nous arrivâmes, le quatre octobre, était jour de foire... Même à Huesca je n'avais jamais vu une telle foule, ni tant de bétail ni des bestiaux aussi divers. Oncle m'accompagnait. «Regarde Marieta, regarde tout ce monde, ils sont venus de partout, écoute-les parler, ceux-là sont de la région de Fraga, ces autres des Pyrénées...» Mais certains n'étaient pas anonymes, ils avaient un nom. «Oui, elle, c'est la petite de Martín, celle qui est née ici, oui...» «Comme le temps passe, presque dix ans», disait un certain Ramón qui semblait être très ami avec mon oncle. Je connus aussi le nom de quatre ou cinq autres personnes, certaines venues d'Albalate, de Ballobar, de Chalamera… Toutes étaient ravies de voir mon oncle et demandaient des nouvelles de mon père et de toute la famille. La nuit, elles vinrent à la maison de mon oncle et ma tante.

Tante Agnès me conduisit à ma chambre, m'aida à me déshabiller et me mit au lit avant l'heure habituelle. «Allez, Marieta, dors, il est tard, je ferme la porte pour qu'ils ne te réveillent pas car ton oncle et ses amis parleront un bon moment…» Comme à Huesca – pensai-je. En effet, il en fut ainsi, lorsque je parvins à m'endormir on entendait encore la voix de mon oncle et les autres marmonner, j'étais convaincue qu'ils priaient, même si je ne pouvais pas savoir précisément quelle prière ils murmuraient… peut-être était-ce la même que tante m'avait récitée pendant que je me couchais… «Marieta, tu ne pries pas avant d'aller dormir?» «Non, je ne priais pas, juste une louange à Dieu, tante, rien de plus.» «Eh bien aujourd'hui, mon enfant, nous prierons ensemble une jolie prière; répète ce que je vais dire.» Et je répétai avec émotion, mes mains entre les siennes, des paroles qui me semblèrent lumineuses et apaisantes, au point qu'en me réveillant je m'en souvenais encore et elles resteront à jamais gravées dans ma mémoire… «Au nom de Dieu clément et miséricordieux. Cette nuit les anges et l'ange Gabriel descendent sur la terre, avec la permission de Dieu, pour mettre en ordre toutes les choses de l'univers. Que la paix m'accompagne cette nuit jusqu'à l'aurore. Amen.» La prière terminée elle m'embrassa.

Ce jour-là je pris conscience qu'il y avait dans la famille des affaires qui ne devaient pas être connues au dehors, l'obligation qui m'avait été imposée de ne jamais parler de ce que l'on faisait à la maison, et qui parfois m'échappait, était due à des secrets qu'il fallait garder, sans que je sache très bien ce que cela pouvait être parce que je ne trouvais rien d'étrange dans le comportement familial... Mais lorsque, peu de temps après, mon oncle fut brûlé, la réalité se dévoila tout à coup et bien que je fus si jeune je compris bien plus que ne le croyaient mes parents. Jusqu'à ce moment-là je n'avais jamais accordé d'importance aux commentaires, regards et gestes que les gens de Huesca faisaient les rares fois où je marchais seule dans la ville ou que j'allais à l'église... Je compris également pourquoi de nombreuses petites filles ne voulaient pas jouer avec moi ni avec d'autres gamines du quartier, nous étions différentes, si différentes qu'un de nos parents pouvait mourir brûlé sans que nous recevions de condoléances de la part de personne ni même des voisins de la Nouvelle Chrétienté... Depuis le jour de la mort de mon oncle, je ne sortis plus jamais seule de chez moi et toute la famille sembla plus religieuse, messe quotidienne, rosaires, neuvaines, messes anniversaires... Je vois désormais la raison de toutes ces choses inutiles... Oui, ce fut à Alcolea que je compris que mon oncle était musulman et que beaucoup de convertis conservaient leur ancienne foi. Quelques jours plus tard, de retour à Huesca, mon frère me confessa qu'il était musulman lui aussi même si, comme toute la famille, suite à l'exécution de mon oncle, il paraissait plus chrétien que jamais. Je crois que je découvris alors la véritable signification du mot peur, non pas la peur de ces vétilles abstraites qui vous tourmentent en rêve lorsque vous êtes enfant – l'obscurité, les bruits nocturnes, le chant d'une chouette annonçant la mort, un fantôme ou un esprit –, non, la peur de choses réelles, la mort, par exemple ou les gens menaçants qui ne baissent pas la voix lorsque vous passez et osent vous rappeler à grands cris votre oncle brûlé ou les trois morisques de Cuarte condamnés aux galères à perpétuité ou encore la vieille Estébana, nouvelle chrétienne qui malgré ses quatre-vingts ans fut emmenée à Saragosse accusée de sorcellerie... Ah ça oui, c'était de la peur, car même si mes parents faisaient partie des notables de la ville, si mon père avait été consul quelques années auparavant, je pensais que nous n'étions pas du tout en sécurité, le danger nous cernait et cela se percevait chez tous les habitants du quartier, de plus en plus reclus dans leurs maisons, revêches et silencieux, suintant la méfiance par tous les pores, personne ne savait où se trouvait cet ennemi invisible qui à tout moment pouvait nous anéantir.

Je pense que ce qui fait que je ne pourrai jamais oublier le voyage à Alcolea, qui malgré le temps passé reste vivace et ardent comme des braises attisées, c'est que ces jours-là et ceux qui suivirent à Huesca ont changé ma vie, j'étais encore une enfant mais sans m'en rendre compte j'avais grandi. Je ne vis jamais plus mon oncle et ma tante d'Alcolea ni ne retournai au village... c'est du passé, du passé qui fait infiniment souffrir... Si je regarde en arrière je trouve la tristesse partout, des pertes continuelles, tout est aussi perdu que la vue grandiose des champs depuis le haut des Ripas l'après-midi où mon cousin Rodrigo m'y fit monter. «Regarde, Marieta, regarde bien car nulle part ailleurs tu ne verras une rive aussi belle que celle-ci.» Et il montrait des endroits en leur donnant des noms: Albalate, Belver, Osso, Zaidín et loin, très loin, vers le nord, les montagnes des Pyrénées… Je ferme les yeux et sens tout cela ici près de moi, comme si le temps et la distance n'existaient pas, n'étaient que pures chimères. Rodrigo disparut, comme tout et comme tous en 1611 et je ne sais pas où il se trouve, peut-être à Chefchaouen où sont partis presque tous les expulsés de ma famille… À présent mon souvenir d'Alcolea se perd dans toute cette nébuleuse qui envahit mes cinq sens, à certains moments j'ai l'impression de ne jamais y être allée, que tout fut un rêve né de la nostalgie… mais non, en fouillant dans ma mémoire je me revois sur les Ripas, ébahie devant tant de verdure et l'immensité des champs, le soleil de l'après-midi me chauffant le dos et près du moulin écoutant la rumeur de l'eau de la Cibieca une nuit où à moitié endormie j'entendis les adultes invoquer Allah, avec la voix d'oncle Ferrando au-dessus de toutes les autres… et depuis lors plus rien dans ma vie n'a été pareil. Ou peut-être que tout fut un rêve? Ou bien est-ce une illusion provoquée par cet air saumâtre qui empoisonne mon sang tel un venin m'étourdissant sans jamais me tuer?

VIII LE SIROCCO

Aujourd'hui ce n'est pas seulement la mer, le vent du sud souffle comme un ronflement tenace et étourdissant, empourpre l'air, l'assombrit, brûle tout et l'atmosphère devient irrespirable. Tout est fermé, fenêtres, balcons, portes, pour que ce souffle de fournaise ne finisse pas par me dessécher comme fanent les plantes du potager, demain tout sera roussi, les fleurs et les légumes, même le citronnier en pleine floraison, la seule consolation que j'ai, lorsque durant la nuit son parfum monte, traversant jusqu'aux murs et fenêtres, éteint lui aussi, mort à cause de ce vent infernal qui ne parvient pourtant pas à amortir la rumeur de la mer, tout au contraire, ils s'allient pour me rendre encore plus folle, si c'était possible, pour m'enfermer dans leurs limites, c'est comme s'ils disaient en duo «María, tu es prisonnière entre la mer et le désert, où que tu regardes tu es emprisonnée, tu ne peux t'échapper»...

C'est mon premier hiver dans cet enfer et je pense à la sierra de Guara, bleue et enneigée, aux tons gris hivernaux des champs et aux chants de Noël dans la paroisse Saint-Martin, si près de la maison… Aujourd'hui c'est Noël, les chrétiens du quartier le célèbrent mais moi je ne sais plus fêter que la solitude et les silences, je n'irai pas à l'église et peu importe ce qu'ils penseront, je me rappellerai, car la vie pour moi n'est que souvenir, juste un souvenir tandis que ces bourrasques incessantes se glissent dans tout mon corps, ce corps flétri et desséché qui jadis eut de la prestance… «Marieta, ton père t'a vendue à ce Lorés et tu m'aimes moi. Pourquoi ne nous enfuyons-nous pas? J'ai de la famille à Valence et aussi en Barbarie… ni toi ni moi ne pouvons permettre que l'on nous sépare…» Noël 1585, trop tard, j'étais déjà la femme de Juan de Lorés et j'avais peur même si maintenant, avec la distance des années, il me semble que la lâcheté fut de ne pas écouter Miguel ce jour de Noël où il vint à la maison laisser le cheval que son père avait ferré peu de temps avant… «Je ne peux pas, Miguel, je ne suis pas maîtresse de moi, je suis esclave de mon père et femme d'un homme bon qui n'est pas coupable d'être le fils de vautours du même acabit que mon père, je ne peux trahir Juan, je lui ai juré fidélité et même si je ne peux l'aimer je devrai m'habituer à lui… mais en réalité c'est toi dont j'aurais envie auprès de moi dans ce lit…» Mes mains brûlent encore de la chaleur que je ressentis lorsque, surmontant toutes les peurs, je pus enfin connaître la douceur de sa peau et l'embrasser comme on ne peut le faire qu'en pensée, car tout était comme dans un rêve, rien n'était réel… Sa bouche me parcourut tout entière, ses mains jouèrent de toutes les cordes de mon corps, mes seins émergèrent des ténèbres en sentant sa langue les lécher et je plongeai dans une forêt de couleurs lorsque pour la première fois le sexe ne fut pas un châtiment mais un cadeau jamais renouvelé depuis…

Noël 1585, la possibilité de m'abandonner entièrement à un homme est restée à jamais sur la paille dans l'écurie de la maison, car depuis ce moment c'est Miguel qui m'accompagne chaque fois que mon mari s'approche de moi… je ferme les yeux et la rêverie m'emmène aussitôt jusqu'à ce crépuscule de Noël où pour une fois, la vie m'accorda la faveur, peut-être imméritée car adultérine, de pouvoir allier la passion et l'amour… Chaque année, chaque vingt-cinq décembre à la tombée de la nuit, sentant que l'obscurité approche, je décide d'arrêter les horloges et le temps, reculer jusqu'à me retrouver couchée sur la paille dans la grande écurie de notre maison… un retour en arrière de trente ans – Dieu, que la vie peut être longue lorsqu'on est en proie à la solitude! – pour pouvoir me retrouver sous le corps vigoureux de Miguel… «Jamais plus, jamais plus, Miguel… et ne me redis pas que nous allons nous échapper, je ne peux pas fuir avec toi, je ne peux pas…»

Au plus profond de moi j'espérais probablement que l'histoire se répéterait mais plus jamais l'occasion ne se présenta… quelques mois plus tard il s'en alla avec toute sa famille, sans doute pour finir en terre maure comme tous ceux qui partaient ces années-là, du côté de Chefchaouen ou Tétouan, je ne l'ai jamais su avec certitude et quelle importance puisque je l'ai perdu pour toujours et qu'il ne me reste que le frissonnement qui me secoue lorsque, aujourd'hui encore, tout mon corps devenu rides, rien qu'une écorce d'orme insensible aux caresses, l'image de Miguel me revient… «Marieta, n'aie pas peur, qui peut savoir que nous avons couché ensemble, n'aie pas honte car toi et moi nous nous appartenons l'un l'autre...» «Non, Miguel, je ne suis pas à toi, j'appartiens à Juan, je ne me repens pas de ce que nous avons fait, je l'ai fait de bon gré car je t'aime et je le voulais, ta peau et ton regard me tentaient depuis que j'étais enfant mais plus jamais, Miguel...» L'air de feu hurlant dans la nuit, ce maudit sirocco qui entraîne tout le sable du désert, salissant l'atmosphère et m'asphyxiant tout entière, est moins chaud que la main de Miguel glissant depuis la poitrine jusqu'aux cuisses, les séparant sans avoir à me forcer jusqu'à effleurer mon bas-ventre qui s'ouvrit à lui comme une rose écarlate éclose sous le soleil au petit jour, avec encore toute sa splendeur presque virginale... puis sa langue humectant tout mon corps, son souffle ardent sur chaque pore de ma peau, un tressaillement qui me fait trembler comme un peuplier sous la bise... des émotions jamais connues auparavant et qui ne sont jamais revenues. Miguel m'apparaît fréquemment, est-ce pour me mortifier et me rendre plus douloureuse encore ma désolation, pour me signaler l'inutilité de ma vie ou se montre-t-il pour me donner un peu de joie dans cette vieillesse, réveillant chez moi le frisson d'une passion déchaînée qui ne dura qu'un moment mais s'imprima en moi pour toujours et ne m'a jamais abandonnée, comme à présent où le voilà, m'enivrant encore davantage, si c'est seulement possible, que le maudit vent qui remplit la nuit de gémissements...? Ce fut un jour de Noël, comme aujourd'hui, mais ce soir personne ne vient de ferrer un cheval, personne ne me renverse sur la paille, personne ne me réveille de cette mort, de ce corps devenu un épouvantail de misère et de tristesse qui, malgré tout, est encore capable de trembler quand je ferme les yeux, je remonte dans le temps et sens la main de Miguel descendant sur mon ventre, incisant mon corps avec ardeur de haut en bas, creusant des sillons qui n'ont jamais pu se refermer... Ici, ce Noël qui passe devant moi en direction du nord, poussé par le sirocco, mon premier Noël dans cet exil de tristesse, les battements de cœur de Miguel résonnent à mes oreilles au rythme des miens, au-dessus du mugissement de la mer, plus forts que le hurlement de l'air du désert dans ma solitude.

IX LES SILENCES

Agustín se tait, Juan se tait, je me tais... Tout est silence
depuis cette effroyable semaine d'août où l'épidémie entra
chez nous et faucha mes deux aînés dans la fleur de l'âge,
nous sommes trois ombres de nous-mêmes et une mer de
tristesse me noie chaque fois que j'aperçois Agustín, qui
avait toujours été une sorte de jouet pour ses frères, depuis
tout petit, cela faisait plaisir de les voir si unis, si amis, si
joyeux qu'ils étaient, un flot de lumière dans cette maison
tombée maintenant dans les plus profondes des ténèbres.
Mais Agustín ne peut demeurer ainsi, il me faudra faire
quelque chose pour lui redonner ce sourire qui éclairait son
visage à tout moment, désormais complètement éteint, il
doit recommencer à vivre, grandir et être un homme de bien
comme l'a été son père, travailleur et honorable, qui a pu
m'être fidèle tout en sachant que je ne l'ai jamais aimé, qui
m'a protégée malgré tout dans les moments les plus amers,
me défendant des attaques continuelles de sa famille qui
dès le premier jour m'a considérée comme une tête de bétail

achetée que l'on peut enfermer dans un bercail, marquer au fer rouge, châtrer ou sacrifier s'il le faut. Pour les Lorés je n'ai été qu'un coffre-fort d'où tirer de l'argent pour dissimuler leur misère... Mais Juan les en a toujours empêchés, notre maison fut bien nôtre, ils n'ont jamais rien pu y faire ni même y entrer une fois mes parents morts, après que l'on m'eut insultée, offensée avec violence: «Pute maure, fille de chiens maures, tu es la honte de notre famille, pauvre Juan, quel déshonneur...» Ils ne purent jamais plus franchir le seuil de la maison ni même lorsque je fis une fausse couche ou lorsque nous perdîmes les filles, ils ne le firent qu'à la mort de mon mari et de mes deux garçons...

J'ai mal en me les rappelant tous deux observant comme des chouettes les moindres recoins, chaque meuble et vaisselier, essayant de vérifier que tout ce qu'ils savaient se trouver dans la maison était toujours à sa place, flairant partout comme des chiens. Juan ne m'a jamais abandonnée dans ces mauvais moments, j'ai toujours trouvé son épaule et la chaleur de sa main, je me sentais protégée de la brutalité des gens qui, du moins en apparence, me respectaient comme une vieille chrétienne mais je savais, en particulier après la mort de mes parents, que tout n'était qu'une simple comédie et seule la bonté de Juan et la puissance économique de la famille expliquaient ce respect... «María, ne crains rien, toi ils ne te toucheront pas, il ne t'arrivera pas ce qui est arrivé à tes parents, tu es une bonne chrétienne et je te protégerai de n'importe quel ennemi...» Jamais, au grand jamais, il ne permit à quiconque de m'effleurer ne serait-ce qu'avec des mots et je le remerciais en étant sa compagne au lit, à la maison et au travail, une femme n'est rien de plus que cela, une femme, et sa vie est marquée par la volonté de son homme… Nous avons toutes été achetées, nulle n'a été libre de choisir son chemin mais telle ou telle a eu un sort pire que le mien avec son acheteur, je ne peux pas me plaindre, il suffit d'ouvrir les yeux pour voir comment ils les traitent, enchaînées contre leur volonté, sans jamais pouvoir sortir de chez elles… Si l'on voit une femme mariée dans la rue, il s'agit à coup sûr d'une femme pauvre car les riches sortent toujours avec un essaim de serviteurs et de valets imposés par le mari…Non, moi je suis libre d'entrer et sortir, je l'aide au magasin et m'occupe des livres de comptes, non, je ne me suis jamais sentie prisonnière… Juan m'a toujours respectée, au souvenir de la première nuit où je dus l'affronter corps à corps, je tremble de peur, j'avais treize ans, un corps pas encore formé; lui, un homme de vingt ans, me respecta… «Non, Marieta, il faut faire les choses bien, je suis conscient que tu te sens achetée pourtant je veux gagner ton amour si c'est possible et si tu ne peux pas me le donner, je m'en accommoderai pourvu que tu ne me rejettes pas, mais cette nuit, n'aie pas peur, je ne te toucherai pas…» Il me respecta de nombreuses nuits que nous passâmes en silence, chacun à une extrémité du lit, moi toujours sur le dos, Juan de côté, sans me regarder. Je pensais qu'il faisait cela pour moi mais non, je découvris finalement qu'il ne pouvait pas supporter ma chaleur si proche, qu'il en souffrait… je compris que je n'avais pas le droit de lui refuser ce que j'avais juré de lui donner… Aucune émotion, juste la satisfaction du devoir accompli, ce jour-là et tous les autres jours et une tendresse proche de la charité que ce gaillard suscitait en moi, cet homme capable de pleurer lorsque je le laissais me serrer dans ses bras, s'approchant toujours de moi comme s'il me demandait la permission, avec tant de délicatesse qu'il ne m'a jamais inquiétée... Je finis par ressentir pour lui l'affection que sa bonté méritait mais jamais je n'éprouvai de passion ni même à ces moments où l'imagination me transportait jusqu'à Miguel, où je me surprenais alors à le caresser sans même m'en être aperçue. Je ne sais plus si je parle au présent ou au passé, je ne sais même plus comment compter le temps pour ne pas tout confondre ce soir où le ciel du côté de Salas ressemble à un fleuve de sang, de tout le sang des miens, qui à la veille de mon départ semble déborder pour teindre une si grande douleur... C'est la même lumière que le jour où Juan se perdit pour toujours dans une obscurité mystérieuse pleine de silences... «María, le sang de nos enfants glisse dans le ciel.» Il ne dit rien de plus. Il se tut à jamais après quatre mois de mélancolie, d'une tristesse qui l'enlisait dans les souvenirs, s'il parlait c'était du passé, lorsque les enfants étaient petits, le bonheur de chaque naissance, la douleur qui suivit la mort prématurée des filles et les trois fausses couches... «María, cet enfant sera notre joie, il nous rendra la gaieté que l'on t'a volée, je veux que tes yeux recommencent à briller avec la même lumière qui t'illuminait avant que l'on ait tué tes parents et que tu aies perdu celle que tu aimais le plus au monde, ta mère... Tu vois, cela fait tellement plaisir de les voir grandir, ce sont déjà de très beaux garçons, ils te ressemblent de plus en plus, María, le petiot a les mêmes yeux que toi, le même regard que ta mère...» Du passé, rien que du passé. Ensuite, pas même du passé, des délires continuels: «Prépare la table, Marieta, les garçons vont rentrer du magasin, regarde, ils arrivent par le chemin de Montearagón, les pauvres, ils travaillent de jour comme de nuit…» «Viens Juan, rentrons, ce ne sont pas des heures pour être sur la terrasse, la Saint-Michel est là et l'air se rafraîchit à peine la nuit tombée… Allons, Juan…» Mais il marchait déjà sur des sentiers invisibles pour nous et il était inutile d'essayer de le suivre. Puis plus rien, pas le moindre mot, s'efforcer en vain de lui redonner du courage, de la joie, tenter de le faire bavarder avec Agustín qui passait des heures à ses côtés, le cajolant comme si Juan n'était qu'un tout petit enfant: «Allez père, regardez-moi. Vous ne me reconnaissez pas? C'est moi Agustín…» Inutile. Agustín mit des mois avant d'accepter que son père était un cadavre vivant, qu'une maladie sans nom lui avait fait perdre la tête… mélancolie, disaient ceux qui lui rendaient visite, mélancolie, dit également le docteur Gracián… «María, son mal est sans remède, fais-toi à l'idée qu'il ne recouvrera jamais la raison, la mélancolie finit par rendre les gens fous, leur vide le cerveau, c'est une très mauvaise maladie, María, c'est la mélancolie…» «Mélancolie, répéta le chanoine de la cathédrale, Salvador Lorés, mon neveu n'a pas pu surmonter la mort de ses enfants, María, cette mélancolie qui peu à peu éteint son esprit finira par le tuer, car les gens peuvent mourir de tristesse…» Comment aurais-je pu ignorer que l'on peut mourir de tristesse? Comment, si ce qui m'a évité de sombrer dans cette mélancolie qui l'a emporté fut justement son aide et l'espoir de vivre pour Agustín? Ah, la mélancolie, cette même mélancolie que je sens maintenant en regardant le ciel depuis la terrasse du toit, mais moi elle ne me tue pas ni me fait perdre la raison, elle me blesse seulement, me cause une telle douleur que j'en perds la respiration et mes larmes gèlent au soleil couchant de janvier. Juan mourut de mélancolie et laissa un vide dans la maison qui me fit prendre conscience de ce qu'il avait représenté pour moi, je me sentis désemparée, sans protection, tellement sans défense que j'avais peur d'affronter la vie et les gens qui à partir du moment où je devins veuve commencèrent à manifester ce qu'ils ressentaient vraiment à mon égard, un mépris qui me blessait profondément; je tâchais néanmoins de dissimuler pour ne pas leur donner le plaisir de me voir souffrir.

Il ne me restait dans ce monde que mon fils. Devenir forte et aller de l'avant n'avait de sens que pour Agustín, pour Agustín qui endurait également dans sa chair le déshonneur d'être le fils d'une morisque à présent que son père n'était plus là. Il était morisque même pour ses grands-parents, morisque renégat parce que jamais, comme Juan avant lui, il ne les laissa fouiner dans la maison, il éleva une muraille encore plus haute et plus résistante que celle laissée par son père pour me défendre… «Mère, comme père disait, notre maison n'est qu'à nous, mes grands-parents ont la leur et il vaut mieux que chacun reste chez soi…» Mais Agustín ne parlait pas, juste le nécessaire. Je ne saurai jamais si ses silences étaient le fruit de la douleur, de la honte que lui causait mon origine ou même une vengeance contre moi ou bien peut-être juste de la compassion pour cette pauvre femme tenue à l'écart et honnie de tous… Mais en vérité, même si nous parlions à peine il me semble qu'il m'aimait et il le montrait, en effet il ne m'a jamais laissée seule, m'a défendue des Lorés et des mauvaises langues qui s'écriaient fréquemment, lorsque nous passions: «Il reste encore des maures dans la ville, un jour cette racaille nous vaudra une épidémie, ferme la porte ils empestent, quelle pitié de voir ce garçon si distingué avec du sang de condamnés à mort…» «Ne fais pas attention, mère; tant que je serai avec toi tu ne risqueras rien…» Oui, il m'aimait et la meilleure preuve en est qu'il conserva publiquement son deuxième nom de famille… Mais jamais il ne m'ouvrit son cœur, je ne pus deviner ce qu'il ressentait, quel mal le rongeait de l'intérieur ni quelles joies l'égayaient, il y avait un fossé infranchissable entre nous deux que nous ne traversâmes jamais, souvent je me disais un jour, María, un beau jour Agustín viendra se blottir contre toi comme lorsqu'il était petit et il te dira tout ce qui tourbillonne dans sa tête… Un jour.

À l'audience d'aujourd'hui, quinzième de décembre mille six cent treize comparaît à la demande du docteur don Elías de Luna, Inquisiteur, María de Marguán, domiciliée à Huesca. Lors de cette cinquième comparution, priée de déclarer son appartenance à la secte mahométane, elle dit ne rien avoir d'autre à déposer, ratifie tout ce qu'elle a dit jusqu'à présent, être chrétienne et ne pas avoir eu d'autre religion que celle-ci ni d'autre Église que la sainte Église catholique. Questionnée sur sa participation, avec ses parents ou d'autres membres de sa famille, à des cérémonies et des pratiques musulmanes elle répond n'y avoir jamais pris part et même, que son père a toujours insisté pour qu'elle soit une bonne chrétienne, c'est pourquoi il l'a mariée avec un vieux chrétien. Interrogée pour la deuxième et troisième fois elle a répondu ne rien avoir à ajouter. Prévenue qu'elle serait livrée au tourment elle a dit qu'elle l'endurerait comme une épreuve envoyée par Dieu. Elle a été suspendue à la poulie, est restée ainsi trente minutes sans dire un seul mot ni laisser entendre le moindre gémissement. Elle a été décrochée de la poulie et, allongée par terre car elle ne tenait pas debout, a une nouvelle fois été interrogée pour savoir si elle reconnaissait célébrer des rites musulmans et invoquer Mahomet. Une fois de plus elle a nié. Monsieur l'Inquisiteur a ordonné de la suspendre encore sans tenir compte des cris lancés par l'accusée tandis qu'on lui liait les poignets couverts de plaies et qu'on la suspendait de nouveau. De grâce, a-t-elle dit, monsieur, je vous en prie, je meurs, je n'en peux plus, tout mon corps est brisé, je n'ai rien à déclarer, je suis chrétienne et l'ai toujours été, je meurs. Elle a crié très fort puis s'est évanouie. Ils l'ont décrochée puis elle est restée étendue par terre un long moment jusqu'à reprendre connaissance une fois qu'on eût aspergé d'eau son visage et tout son corps. Enquise et invitée à dire toute la vérité pour sauver son âme et éviter d'autres tourments, elle a répondu ne jamais s'être livrée à des rites musulmans, être chrétienne, l'a juré devant Dieu Notre Seigneur et a supplié que l'on cessât de la torturer, disant que sa vue se brouillait et qu'elle perdait la tête de tant de douleur. Pour la troisième fois elle a été attachée et suspendue à la poulie mais a immédiatement perdu connaissance. Monsieur l'Inquisiteur a donné ordre de la laisser par terre jusqu'à ce qu'elle reprenne ses esprits puis de l'emmener au cachot et de la conduire de nouveau le lendemain à la salle d'audience afin de poursuivre l'interrogatoire.

Signé par le docteur don Elías de Luna y Urriés, Inquisiteur.

Fait devant nous, secrétaire, Pablo Nogueras de Ascaso.

... Plus que tous les tourments, nouveaux et plus atroces à chaque session, plus que les terribles audiences, la solitude du cachot, la bande qui me couvrait les yeux, l'insupportable voix de l'inquisiteur; plus que la solitude dans un trou noir sans rien entendre d'autre que les rats courant sur la paille lorsque le claquement du verrou brisait le silence deux fois par jour au moment de recevoir ma pitance et un rai de lumière me montrant la misère dans laquelle je me trouvais, l'épouvantail humain que j'étais... plus que de tout cela, j'avais peur pour mon fils, vulnérable à la haine, y compris de sa propre famille... Je me sentais tellement responsable de son infortune que j'en arrivais à penser que les inquisiteurs avaient peut-être raison, je portais le malheur en moi, j'étais un être indigne, le péché coulait dans mes veines... C'est ce qu'ils me disaient, m'accusant d'avoir attiré le malheur sur mes enfants et mon mari, causé la perte de la famille, que je devais changer, me repentir de mes erreurs et déclarer la vérité si je voulais sauver Agustín et empêcher que lui aussi ne souffre de la peste que je portais...

Ils me firent tant de mal, je me sentais si faible, tellement abattue, ils me laissèrent si peu de forces, tant de saleté me couvrait que je me dégoûtais moi-même, je souffris tant qu'ils finirent par me convaincre et je me rendis, non par peur, non, ce n'étaient ni le cachot ni même la mort qui m'inquiétaient, c'était Agustín tout seul, son souvenir, la terreur jaillissant de ses yeux lorsque les alguazils m'arrêtèrent en ce matin brumeux de décembre alors que nous venions de nous lever et avions encore le sommeil collé aux paupières... «Au nom de l'Inquisiteur Général d'Aragon, María de Marguán, considère-toi comme prisonnière, nous t'emmenons à la prison du peuple de la ville jusqu'à ce qu'ordre soit donné de te transférer à l'Aljafería...» Pas un mot, Agustín et moi nous regardâmes fixement dans les yeux sans broncher, nous étions sans voix... Inutile de demander qu'ils nous disent le motif, je savais bien que c'est impossible, le secret de l'accusation et des délateurs est garanti, je ne saurais jamais qui était le traître ni de quoi on m'accusait, même si je pressentais que cela arriverait un jour, j'étais sans défense depuis la mort de Juan et en un éclair je revis une discussion quelques jours auparavant au four à propos d'une galette de rillons, Quiteria de Aratorés et l'ombre des Lorés funeste comme un corbeau... «Non, Agustín, tais-toi, ne pose pas de questions tu n'obtiendras rien, n'aie pas peur, je n'ai rien fait contre Dieu ni contre personne, ce doit être une erreur, mon fils, et ne pleure pas, je serai bientôt là de nouveau...» Mes paroles ne réussirent qu'à le faire pleurer plus amèrement encore et lorsqu'il me regarda pour la dernière fois à la porte de la prison des gens du commun je tâchai de sourire avant de lui dire: «Agustín tu dois être fort et défendre ton honneur, ne t'inquiète pas il ne peut rien m'arriver...» Ce visage de douleur et de terreur est ancré au plus profond de ma mémoire, il me fait davantage souffrir que les torsions de la corde, je sais qu'à ce moment-là il nous restait bien des choses à nous dire, tous les silences accumulés pendant si longtemps poussaient avec une telle force, pris d'un besoin impérieux d'exploser, de déferler en un torrent de mots que les regards annon-çaient, oui mon fils, il me faudra vite revenir pour que nous puissions converser et dénuder nos âmes, nous avons tous les deux tant de douleur cultivée en silence... Afin de le rejoindre, je signai ce que j'ai signé, je voulais sortir de cet enfer non pour moi mais pour lui... or ce que je trouvai fut la plus profonde des solitudes et la blessure de ne plus jamais entendre sa voix ni sentir son regard m'inonder de lumière, il aurait mieux valu mourir en prison... On me l'a volé... Le jour de nos retrouvailles n'arriva jamais et il me resta la tristesse de ne pas avoir pénétré son âme ne serait-ce qu'une seconde, de ne pas avoir découvert les mystères que contenait cette fleur resplendissante... Maintenant son sang teint de nuages rouges le coucher du soleil au-dessus du sanctuaire de Salas et le vert des champs s'éteint à mesure que la nuit approche... Derrière moi, de l'intérieur de la maison, semble venir une rumeur confuse de voix, trois petits garçons courant et jouant, «mère, regarde-nous, mère...» mais je sais qu'il s'agit de souvenirs prenant corps tels des fantômes... je me laisse noyer par cette rivière de sang flottant au-dessus de la ville, il vaut mieux cela que les coups de hache du silence fendant la nuit et annonçant que le temps est contre moi.

X SUR LE CHEMIN DE MARSEILLE

Atteindre le col de Plan fut plus dur que ne l'avait cru Diego de Foncillas. Le vieux chemin muletier était presque impraticable et il y avait encore des plaques de verglas sur les ubacs. Nous dormîmes à San Juan, dernière nuit avant de quitter le royaume pour toujours, une nuit durant laquelle à l'air glacial s'unissait la froideur de mes sentiments née de la peur de tout ce qui m'attendait et qui me faisait trembler de la tête aux pieds. Incapable de trouver le sommeil, je passai toute la nuit à observer la lune depuis la fenêtre et à écouter la rumeur de la rivière. Lorsque juste avant l'aube Diego donna quelques coups à la porte, j'étais levée et l'attendais depuis des heures. «Ce que l'on doit faire, il vaut mieux le faire tôt», lui dis-je et nous attendîmes que le jour se lève afin de prendre moins de risques en gravissant le chemin. Celui-ci n'est pas facile du tout, on raconte que la nuit des bêtes féroces ont coutume d'attaquer ceux qui cheminent en ces lieux, des loups et des ours, alors quand le ciel fut tout à fait bleu nous nous engageâmes vers le haut transis de froid, on entendait crisser le verglas et le givre sous les sabots des montures. Je n'avais jamais vu un paysage pareil, entièrement vert, des bois et encore des bois, l'eau bleue tombant en cascades et des lacs qui paraissaient irréels, mais ce n'était pas le moment d'y penser, pas même une fois parvenus à un replat qu'on appelle Es Plans, peu après les ruines de la vieille auberge de Chistau. Le soleil chauffait déjà rendant la vue encore plus belle, ce paysage couvert de prés, où entre des taches brillantes de glace, apparaissaient timidement les corolles de fleurs jaunes au puissant parfum que je n'avais jamais vues auparavant; on aurait dit l'un de ces paysages décrits par les poètes et qui, jusqu'alors, me semblaient être le fruit de leur imagination, impossible de rêver d'une terre comme celle-là quand votre vie s'est déroulée sur une terre plane d'argile jaune et rouge avec les taches vertes des champs.

«Regarde, María, la frontière est là-haut», dit Diego en montrant un point rocheux entre deux sommets enneigés qui me parut inaccessible. Le chemin montait tant que même les mulets avaient du mal à avancer, glissant entre les pierres encore gelées, de sorte que Diego mit pied à terre pour mieux nous conduire. Je ne voulais pas regarder en arrière, je me sentais de plus en plus en exil. Depuis que nous étions partis de Huesca je n'avais d'ailleurs pas voulu poser le regard sur ce que je laissais, même l'insistance de Diego pour que j'admire la vallée depuis les hauteurs ne me fit pas tourner la tête... «Il est préférable de ne pas regarder ce que l'on quitte pour toujours – lui dis-je – et moins encore si la vallée est aussi belle que tu le dis, j'ai assez souffert de quitter ma terre, je ne veux pas pâtir de celle-là également; ce que je souhaite à présent, c'est traverser une fois pour toutes la frontière et ne plus jamais voir le ciel qui s'étend au-dessus de nous et si je dirige le regard vers le sud me retrouver face à cette muraille rocheuse et à la grâce de Dieu, Diego.» Nous ne reparlâmes pas durant les deux heures qu'il nous fallut encore pour atteindre le col.

«Regarde, María, le garçon est là avec ses deux mulets.» «Je m'appelle Fabián de Saludas et mes parents sont d'Espierba, bien qu'ils soient partis il y a longtemps pour la vallée d'Aure puis à Sète parce que l'Inquisition avait tué mon grand-père et tous couraient un danger, comme vous, doña María, presque la même histoire», dit-il en me fixant des yeux pour que je puisse sentir son chaud regard... Je ne lui répondis pas car à cet instant je n'avais même pas la force de dire un seul mot, mais il me fit l'effet d'un homme fort, bien qu'un peu jeune pour me défendre tout au long du chemin que nous avions à parcourir. Nous nous reposâmes un moment pour manger, moi regardant vers le nord, Diego et Fabián vers le sud. Mon esprit vagabondait sur la lumière blessante, sur la neige, sur un ciel découpé par la ligne blanche des plus hauts sommets... je les entendais parler très bas et très lentement, comme s'ils voulaient respecter mon silence qui n'était rien d'autre qu'une étrange peur et de la colère, beaucoup de colère... «Non, par le col de Bielsa ç'aurait été plus difficile, Fabián; il est encore gelé et il y a davantage de passage et puis on dit aussi qu'il est fréquent de rencontrer des bandits entre les mines de Parzán et de Barrosa... De plus j'ai de la famille à San Juan et je savais qu'ils ne verraient aucun inconvénient à me fournir deux bonnes montures...» Je les entendais mais ne les écoutais pas, absorbée comme je l'étais par mes pensées… Soudain je sentis la main de Diego sur mon épaule: «María, il faut que vous partiez, le jour est court et il y a un bon bout de chemin avant d'atteindre l'auberge de Rioumajour où vous passerez la nuit. Tu es libre, María, que Dieu te bénisse», et sa main serra mon bras avec force. «Allez, courage, María!» Il prit la route vers le sud tandis que Fabián m'aidait à monter sur l'une des deux mules. «Madame, ne vous tourmentez pas, la descente est meilleure que le sentier que vous avez suivi depuis San Juan, après ce virage, là-bas, vous pourrez voir la gorge de Rioumajour et au fond l'épaisse fumée qui annonce l'auberge. Tout est prêt pour dîner, dormir et vous reposer autant que vous en aurez besoin, nous avons beaucoup de temps pour rejoindre Marseille d'où partira votre bateau…» «Ne t'inquiète pas pour moi, Fabián, je suis habituée à souffrir», dis-je avant de fermer définitivement la bouche pendant tout le chemin qui restait jusqu'à l'auberge, laissant une ivresse de nostalgie m'empoisonner le sang.

Nous arrivâmes au coucher du soleil, tout était préparé, comme l'avait indiqué Fabián, mais ce dont je fus le plus reconnaissante fut la chaleur de la pièce, l'énorme feu du foyer remplissant de lumière tout l'espace où nous soupâmes Fabián et moi parmi des gens qui parlaient une langue incompréhensible et m'observaient avec curiosité. À un moment donné je m'aperçus que Fabián expliquait qui j'étais et pourquoi je m'échappais, je le compris non seulement grâce aux mots Inquisition et convertie, qu'il dit dans notre langue, mais aussi, surtout, grâce au regard compatissant des gens, de ces trois hommes et de cette femme qui après nous avoir servi le repas s'assit sur le banc près de moi. J'eus du mal à supporter ces yeux fixes scrutant la marque de la tragédie de ma vie sur mon visage… Je cachai mes poignets dans mes manches pour que l'on ne voie pas les cicatrices des tortures, je ne voulais pas laisser entrer qui que ce soit dans mon calvaire personnel, je baissai le regard, incapable d'affronter ces gens d'où émanait de la charité mais je n'en voulais ni n'en avais besoin, j'avais envie d'être seule, une ombre invisible, sans partager mes infortunes et très doucement je dis à Fabián de ne rien raconter de ma vie, que le passé était du passé et qu'il n'avait aucune valeur, j'étais née à nouveau en passant le col, María de Marguán était restée à Huesca près des cadavres des siens, celle qui descendait le Rioumajour était un fantôme sans nom qu'il conduisait vers sa fin. Sans rien ajouter je montai dans la chambre, plus chaude que je ne l'avais imaginée, avec un grand lit, un édredon, un matelas en laine et un moine…

Exténuée comme je l'étais par le voyage et le manque de sommeil, j'eus encore la curiosité de fouiller dans la chambre, ouvrir l'armoire, regarder dans la table de nuit, lire le titre d'un livre, la Bible, peut-être en français car ce n'était pas du latin… Les aubergistes étaient donc de foi luthérienne, comme Fabián, pensai-je; je découvris par la suite que partout où nous logions on professait la même religion, on connaissait mon histoire et on était prêt à m'aider, la méfiance que j'avais pu avoir dans un premier temps disparut rapidement. Fabián était intelligent, serviable, fort et avait tout organisé à la perfection. Lorsqu'une fois à Marseille je lui payai les vingt ducats d'or qu'il me restait à lui donner sur les trente convenus avec Diego de Foncillas – je lui en avais remis dix d'avance en commençant le voyage – j'estimai qu'il les méritait, qu'en plus d'avoir réalisé un bon travail, c'était un homme de bien qui avait su respecter mes silences et parler juste ce qu'il fallait, quand c'était nécessaire ou lorsque mon courage semblait fléchir: «Madame, ne vous tourmentez pas, tout va bien se passer, à chaque étape nous serons avec des gens de confiance... Allons, madame, courage, à Oran vous retrouverez les vôtres et pourrez vivre tranquille...»

Monsieur, j'ai laissé aujourd'hui doña María de Marguán sur le navire du marchand ben Amir qui doit la conduire à Oran. Grâce à Dieu, tout s'est déroulé comme prévu, sans aucun problème et nous avons rejoint Marseille avec quelques jours d'avance que nous avons passés à nous reposer d'un voyage long et pénible et à visiter la ville, que doña María a trouvée trop grande et bruyante. Doña María s'est habituée à regarder la mer sans crainte même si en montant sur la passerelle du bateau elle paraissait trembler tout entière, je ne sais pas très bien si c'était la peur de la mer ou de ce qui l'attendait une fois là-bas, elle me disait toujours qu'elle ne savait pas si la lettre qu'elle avait écrite à son oncle et sa tante leur était parvenue et qu'elle n'était pas sûre de pouvoir refaire sa vie en Barbarie. Je tâchais de l'égayer mais ce n'était pas facile, monsieur, doña María était toujours triste, la tête basse, silencieuse, elle se plaignait parfois de son sort lorsqu'elle ne me prêtait pas attention ou croyait que je ne l'entendais pas. À deux ou trois reprises seulement un rayonnement de joie illumina ses yeux et elle ébaucha un sourire en me regardant avec une immense douceur, comme si elle était ma mère, en particulier à notre arrivée à Marseille et une fois chez votre ami Arturo de Mendoza, rassurée d'y être parvenue saine et sauve. Elle m'a remercié mais je n'ai rien fait d'autre, monsieur, que respecter mes engagements qui n'ont été en outre qu'un acte de justice puisque j'ai pu confirmer que doña María est une femme bien qui ne mérite pas le désastre qu'a été sa vie. Le voyage touchant à sa fin, comme il me semblait qu'elle perdait courage et doutait, je lui ai demandé, suivant en cela vos recommandations, si elle voulait vraiment partir si loin, si elle n'était pas tentée de rester avec nous à Sète, une terre qui n'était pas la sienne mais où elle aurait facilement pu s'habituer à vivre, près de nous et avec nos contacts continuels avec l'Aragon. Cependant elle répondit que son destin était immuable, qu'elle ne pouvait pas reculer, qu'elle finirait ses jours avec les proscrits de sa race en Barbarie, qu'en Aragon il ne lui restait personne et qu'elle n'avait emporté de là-bas que douleur et rage, de ne pas m'inquiéter pour elle, qu'elle était fatiguée du voyage et un peu affaiblie par l'effort mais que sa décision était prise et qu' elle ne doutait pas de ce qu'elle avait à faire. Nous n'en reparlâmes pas. Partout où nous nous arrêtâmes nous avons trouvé les personnes attendues, ainsi que vos amis de Foix, Avignon et Nîmes, tous ces marchands qui ont des contacts avec l'Aragon et l'Italie. Je remettrai en mains propres cette lettre à Robert de Palhàs que je verrai à Foix en rentrant pour qu'il vous la donne car il se rend à Huesca au mois de juillet afin, d'après ce qu'il m'a dit, de livrer une commande de tissus lombards.

Je reste à votre disposition si vous avez besoin de moi et de ma famille pour quoi que ce soit. Sachez que désormais, mes contacts avec l'Aragon se feront par l'entremise de Pascual Ballarín, d'Aínsa, qui exporte le minerai dont il possède la concession de Parzán jusqu'à Arreau et qui se trouve souvent

en terre béarnaise; et le mercier Andreu de Tarbes, qui réside
depuis un an à Barbastro mais garde en activité sa maison à
Saint-Lary où vit son fils Raimon.
Si un jour vous avez des nouvelles de doña María j'aimerais
savoir comment elle se porte là-bas et si elle a trouvé cette paix
dont elle avait tant besoin.
Que Dieu vous garde, monsieur. Bien à vous,
Fabián de Saludas

… Et son regard de grand enfant devenait plus bleu et plus gai. Je me souviendrai toujours du moment incroyable où nous avons vu la mer, cette immensité que même en rêve je n'avais pu imaginer. J'étais prise de panique à l'idée qu'il me faudrait parcourir ce chemin pour gagner Oran. Fabián laissa échapper un petit rire en voyant la stupeur dessinée sur mon visage. «C'est beau la mer, n'est-ce pas, madame?... Si seulement je pouvais vous accompagner durant votre voyage, je serais l'homme le plus heureux du monde car avec tout ce que l'on dit sur la Barbarie, c'est certainement un endroit plaisant.» Nous étions à Sète où habitaient ses parents et d'où il transportait des marchandises vers Marseille et la vallée d'Aure. Cette nuit-là nous fûmes hébergés dans sa maison près du port et je n'ai pas oublié l'odeur salée de l'air ni la saveur particulière du potage que sa mère nous prépara pour dîner… après tout ce temps à manger des choses étranges, un goût familier, le même que celui de la cuisine de chez moi, une saveur exquise que je n'ai jamais plus ressentie depuis. Águeda, c'est ainsi que s'appelait sa mère, n'avait pas plus de quarante ans, c'était une femme très grande et mince, au regard aussi bleu que celui de Fabián. «Cela fait vingt ans, María, que nous avons quitté Bielsa, terrifiés, et nous l'avons fait juste à temps car trois jours après notre départ arrivait le mandat d'arrêt. Ceux qui, comme nous, sont des enfants de condamnés à mort, María, ne pourraient jamais échapper à l'infamie en Aragon, ici nous sommes libres et pourtant tu ne peux pas imaginer le nombre de fois où je me rappelle ce que nous avons laissé derrière nous, ma maison, mon village, la langue que j'oublie chaque jour un peu plus à force de ne l'utiliser qu'à la maison… recommencer à zéro, sans rien, s'établir avec sa famille en terre étrangère ce n'est pas facile…» Je pensais que si au lieu d'avoir mon âge j'avais vingt ans de moins et un fils pour lequel lutter tout serait moins difficile car j'aurais des raisons pour cela, mais moi seule, dans une solitude totale et vieille de surcroît, luttant contre tout pour rien… «Non, María, la vie vaut la peine et si Dieu nous l'a donnée c'est bien pour quelque chose, même si ce n'est que pour souffrir puis avoir la récompense…» «Quelle chance tu as, Águeda, de conserver une foi si fervente, moi je ne crois plus en rien et ce que je ressens par-dessus tout c'est de la rage, beaucoup de haine contre tous ceux qui m'ont gâché la vie, ceux qui ont détruit ma famille… Je ne sais plus si je suis chrétienne ou musulmane, je sais seulement que je suis seule en ce monde, sans force et sans raison pour me battre…» «Moi aussi j'ai senti cette rage María, et tu as raison, j'étais jeune, j'avais un fils, puis trois de plus que j'ai mis au monde ensuite et qui m'ont donné la force de ne jamais m'avouer vaincue et de tout affronter sans peur, bien que la rage ne se soit jamais éteinte, je l'ai toujours soigneusement cultivée et, que Dieu me pardonne, je ne l'enterrerai jamais. Je sais qui m'a dénoncée à l'Inquisition, un familier du Saint-Office qui vivait à Bielsa, coupable de la mort de mon père, accusé d'avoir une bible traduite et d'être en contact avec des luthériens du Béarn... Nous étions un danger pour le roi, disaient-ils, tout comme vous les musulmans, María, dangereux... Que pouvait bien faire contre le roi un marchand de Bielsa dont le travail a toujours été de voyager du marché et des foires d'Aínsa jusqu'à ceux du Béarn? Que pouvions-nous savoir des conspirations contre le roi? La seule vérité est que les prêtres nous haïssaient et voulaient notre fin, les musulmans vous avez le sang sale parce que vous adorez Allah et nous, parce que nous adorons le Christ... Qu'est-ce que ça peut bien leur faire? Ce qu'ils veulent, c'est nous contrôler tous, que personne ne puisse échapper à leurs mains...»

Águeda ferma la fenêtre avant de dire que je pouvais rester chez eux autant que je le souhaiterais, attendre le retour de son mari, en voyage à Toulouse, mais je voulais fuir le souvenir de tant de choses qu'Águeda réveillait en moi et aussi, même si je me sais injuste à cet égard, l'envie que m'inspirait sa vie, si différente de la mienne car elle était elle aussi une exilée mais avec des enfants et un mari, avec le désir de vivre et des raisons de lutter chaque jour... Que Dieu me pardonne mais lorsqu'elle parlait je me sentais plus malheureuse encore et en arrivais à lui souhaiter, pour qu'elle voie que nos vies n'étaient pas si semblables, d'endurer une fois, rien qu'une fois, une audience du Saint-Office. Le lendemain, au petit matin, Fabián et moi étions en route pour Montpellier entre les oliviers et les amandiers qui me firent croire un instant que la mer au loin n'était rien d'autre qu'un cauchemar et que nous marchions en réalité humant les effluves de la lavande fleurie et de la santoline sur le chemin de Loarre avec mon homme à mes côtés et dans les bras mon aîné, un si joli nourrisson en ce temps-là, cherchant une maison où passer quelques jours pour voir s'il guérissait du croup qui, selon le docteur Marcellán, ami de la famille et professeur à l'université, passe en changeant d'air et d'eau. J'avais seize ans, j'étais pleine de vie et le futur ne me faisait pas peur... Arriver à Marseille ne fut pas comme arriver à Loarre; Marseille refermait le passé pour toujours et ouvrait la porte d'un futur qui, au moment d'embarquer et de faire mes adieux à Fabián, me parut plus hostile que jamais. Levant la main pour la dernière fois pour lui dire au revoir après avoir posé le bagage à mes pieds, je sentis mes forces me trahir et il me fallut me tenir au bastingage pour ne pas tomber. J'étais sur le point de céder, si je l'avais regardé deux minutes de plus j'aurais fini par sauter du bateau et lui dire que oui, comme il me l'avait suggéré, je restais à terre, que je ne perdais rien en n'allant pas à Oran... Je baissai le bras et me retournai pour qu'il ne me voie pas pleurer de rage et d'angoisse, avec Huesca au fond de l'âme et devant moi le mystère d'Oran, peut-être sanglotais-je avant tout de peur, moi qui ai enduré le supplice inquisitorial avec plus de courage que je ne l'aurais jamais imaginé, moi qui ne fus vaincue ni par la mort ni par la haine. Au moment où le bateau hissait les voiles et commençait à glisser vers je ne sais quels rivages inhospitaliers, je n'étais plus qu'une rivière de larmes déchaînée coulant chaque fois que je regardais en arrière ou me repliais sur moi-même... au milieu de la mer, sans aucun point de repère, sans la possibilité de rebrousser chemin, je sais qu'il ne me reste plus qu'à affronter la réalité, je suis seule, seule pour toujours, enchaînée par le passé et sans futur où m'ancrer car cela ne vaut plus la peine de m'enraciner à une terre qui ne sera mienne que lorsque je pourrirai dans la fosse... En attendant le moment de mettre pied à terre, je laisse le bruit de la mer m'étourdir et son odeur m'enivrer, plongée dans la pénombre de cette minuscule cabine d'où je sors à peine, effrayée par la fragilité du navire au milieu de l'immensité des eaux. Et pourtant, je me laisse émouvoir par la beauté des voiles blanches gonflées par le vent lorsque le temps est serein et que le bateau glisse brisant les vagues et dessinant mille figures d'écume... Dans ces moments-là je voudrais que le voyage ne s'achève jamais, que le navire perde le cap au-delà de cette ligne où ciel et eau se rejoignent comme si le monde mourait là-bas, tomber dans le vide et que les ombres m'engloutissent à jamais, tout plutôt que d'affronter la vie de nouveau.

XI LA VISITE

Je me souviens comme si le temps ne s'était pas écoulé, ce souvenir est comme un tableau où un instant s'éternise et reste à jamais figé, le brouillard arrêté sur le pont et l'enfant le traversant le pied levé pour l'éternité, sans achever son pas... Cette peinture se trouvait dans la salle à manger de ma maison à Huesca et s'est gravée dans ma mémoire de façon indélébile, même les couleurs de la rivière, si bleues que je ne pensais pas qu'elles puissent exister jusqu'à voir, longtemps après, la rivière à Chistau en approchant de la frontière du Béarn. C'est ainsi que je revois tante Esperanza – je ne m'habitue pas à l'appeler Leïla – en ce matin d'hiver, mon deuxième hiver à Oran, frappant à ma porte alors que le soleil n'était pas encore levé, l'un de ces rares jours où le froid humide imprègne la ville et vous trempe jusqu'aux os, si profondément que clopiner est presque impossible. J'ouvris la porte et trouvai ma tante transie, pâle et flétrie, cent ans plus vieille qu'elle ne l'était, un épouvantail faisant peine à voir. Je ne l'avais pas revue depuis qu'elle m'avait accompagnée jusqu'à cette maison et m'avait aidée à m'installer, dix-huit mois étaient passés et l'avaient usée comme une éternité... Entrez ma tante, vous êtes gelée. Elle entra. «Mariame, ton oncle est en train de mourir et il veut te voir avant d'expirer...» Rien qu'à voir mon visage elle devina mon refus... «Je sais que nous nous sommes très mal comportés à ton arrivée, mille fois nous nous sommes repentis mais le mal était fait et nous ne savions pas comment le réparer, à présent ton oncle nous quitte et réclame ton pardon pour partir en paix.» «Vous ne me convaincrez pas ma tante... Lorsque j'avais besoin de votre aide et de votre hospitalité, lorsque tout m'était contraire, vous m'avez abandonnée, ça a été très dur et il m'en coûte encore de supporter la solitude jour et nuit, d'entendre les fantômes hanter chaque recoin de la maison et si je sors dans la rue c'est encore pire, ce ne sont pas des fantômes mais des hommes et des femmes me regardant avec des éclairs dans les yeux, à tel point qu'on dirait qu'ils vont me foudroyer... et parler par gestes, tante, dans ce quartier bien qu'ils soient chrétiens les gens ne viennent pas d'Espagne, ici tout le monde parle arabe ou je ne sais quoi... Non, je ne suis pas capable de vous pardonner le mépris dont vous m'avez accablée... Depuis le jour où je me suis recluse dans cette maison je sors seulement si c'est indispensable, pour le strict nécessaire, faire les courses, je ne veux pas qu'on me voie traîner ma peine. J'ai heureusement une jeune servante qui vient chaque jour faire mon ménage car je n'ai de forces pour rien, je ne parle qu'avec elle, avec elle seule je sens que je suis une personne et non une ombre luttant contre des visions sans visage. Et tu sais, ma tante, c'est Rachel, une enfant juive espagnole de Castille avec qui je peux m'entendre… incroyable, n'est-ce pas? Une Juive servant une femme qui ne voit pas la différence ni sait ce que veut dire être chrétien ou musulman. Elle a l'innocence de ses douze ans, l'âge auquel mon père m'a vendue… En la voyant je me dis que c'est un crime de jouer ainsi avec la vie des gens… Ce mariage m'a brouillée avec tous les convertis de Huesca pour qui j'étais une traîtresse et avec les vieux chrétiens, lesquels n'ont jamais cru à notre conversion… Telle a été ma vie, tante. Mais Rachel ne comprend rien à tout cela, c'est une enfant qui ne voit en moi qu'une vieille femme solitaire à moitié démente…»

Tante Esperanza s'impatientait de mon discours, se tordait nerveusement les mains… «Mariame, ton oncle agonise et veut te demander pardon, il dit que si tu ne le lui accordes pas il n'entrera pas au paradis…» Je tus ce que je pensais, pourquoi la blesser davantage? Son salut ne dépendait pas de moi mais de ses propres actes et de la bonne volonté de Dieu qui avait beaucoup de choses à lui pardonner. «Mariame, nos enfants vivent loin d'ici, lorsqu'ils arriveront leur père sera déjà mort, pourquoi ne l'accompagnes-tu pas en ces derniers instants? Si tu ne le fais pas tu le regretteras certainement toute ta vie tout comme nous ronge le remords de ce que nous t'avons fait…» Elle se leva encore plus vieille qu'en arrivant, un pitoyable raisin sec, conservant néanmoins sa dignité dans les gestes et la voix, ce qui la rendait plus pathétique encore, au point que je sentis mon cœur s'attendrir et ma volonté céder, j'éprouvai de la compassion pour elle, je la revois, tout à fait misérable et superpose à cette image l'élégante silhouette d'une femme svelte et belle qui, le jour de ma première communion, s'approcha de moi et me murmura à l'oreille des paroles que je ne compris pas sur le moment, une espèce de prière qui me sembla chrétienne, mais bien longtemps après je me rendis compte qu'il s'agissait de l'une des formules accompagnant chacune des cent invocations des litanies des noms de Dieu, qui disait plus ou moins: Ô Créateur, fasse que dans mon cœur naisse la vertu de l'obéissance et défends-moi de toute violence et persécution». C'étaient des temps difficiles et malgré mon jeune âge je voyais de nombreux voisins de la Nouvelle Chrétienté se faire arrêter, les gens parlaient peu et à voix basse, la peur et la suspicion s'étaient propagées parmi eux. À ce moment-là je ne compris pas pourquoi elle me parlait de violence et de persécution mais quelques années plus tard je vis que tout était comme une prémonition. Tante Esperanza venait souvent me bercer, me couvrir de baisers et de caresses, elle répandait une odeur d'eau de roses et ses mains glissaient sur mes joues comme un ruban de soie... À présent, tant d'années après, je l'ai à côté de moi, la tête basse, si éloignée de l'image de ce jour de la Fête-Dieu dans l'église Saint-Martin... elle faisait tellement pitié à voir qu'au lieu de l'observer je préférai la serrer dans mes bras et lui rendre les caresses qu'elle m'avait prodiguées lorsque j'étais enfant... L'espace d'un instant je sentis mon corps ressusciter, rajeunir soudain... mes mains avaient retrouvé la sensibilité, mes bras également... je fus émerveillée de voir qu'après tant de souffrance j'étais capable de m'émouvoir devant la faiblesse d'un être comme tante Esperanza à cet instant-là... Et je ne sais pas très bien si ce fut le bonheur ou simplement le calme qui me poussait à accélérer le pas, non pas pour mon oncle mais pour faire plaisir à ma tante... à toute vitesse nous traversâmes la ville et arrivâmes à Ifre par un raccourci.

En entrant dans la chambre, plongée dans l'obscurité, où se trouvait mon oncle, on voyait à peine le lit et dessus, une ombre blanche minuscule, presque imperceptible, environ six ou sept personnes autour ronronnant à l'unisson la même prière monotone qui, comme il était habituel chez les Andalousiens, ne se faisait pas en arabe mais en romance, sauf les versets du Coran qui étaient toujours dits dans la langue du Prophète. Parmi les personnes présentes, je pus reconnaître Jusepe de al-Naxar qui ici s'appelait Adib, le principal responsable de mon malheur à Oran, le *faqih** de la communauté de Huesca qui avait contaminé les autres de son intransigeance. «Mariame Marguán n'est pas des nôtres...» À présent il n'osait pas me regarder, sans relever la tête il murmura *salam'alaikum* et s'éloigna de mon oncle, tous se retirèrent, je ne sais si c'était une forme de respect ou pour ne pas être près de moi, qui étais déjà habituée à ce que l'on m'évite comme un chien galeux... Oncle Andrés n'était plus qu'un halètement et c'était à peine si on l'entendait prier la litanie des noms de Dieu, Ô Glorieux, Ô Puissant, Ô Immense, Ô Créateur, Ô Formateur, Ô Façonneur, Ô Tout-Pardonnant... Comme personne ne répondait par la formule correspondante, il leva les yeux et nous vit, ma tante et moi, à une extrémité du lit. Ma tante prit ses mains entre les siennes: «Ibrahim, Mariame est là...», puis elle partit, nous laissant en tête à tête. Je n'avais pas de peine de le voir sur le point d'expirer, je voyais en lui non seulement mon oncle, mais aussi mon père et tous ceux qui m'ont rendu la vie impossible... Non, ni chagrin ni miséricorde ni indifférence non plus, les souvenirs, les émotions et toute la haine accumulée tout au long de la vie resurgissaient. «Oui, oncle, vous pouvez partir tranquille, je vous pardonne et j'espère que Dieu vous pardonnera tout le mal que vous m'avez fait.» Je n'en dis pas plus. Il ferma les yeux pendant que, lui tournant le dos, je sortais de la chambre. Depuis le couloir on entendait les voix des hommes récitant les litanies, Ô Toi, le Très-Fort, le Protecteur, le Victorieux, l'Omniscient, Ô Toi l'Audient, Ô... et lors des pauses le sifflement des poumons d'Ibrahim Marguán alias al-Guasquí de plus en plus faible jusqu'à s'éteindre définitivement... Les prières commencèrent alors à se faire à haute voix, en criant presque, mais je ne comprenais pas le moindre mot car elles étaient dites en arabe. Je pris ma tante par la taille et la conduisis à la cuisine où de nombreuses femmes priaient également... «Il a expiré», dit ma tante. Les prières devinrent pleurs et gémissements où se mêlaient l'arabe et le romance... J'arrêtai de penser, fermai les paupières et tentai de me souvenir de moments semblables, les mêmes scènes, les mêmes voix, les mêmes mots... Huesca, la mort de ma grand-mère... De nouveau le temps arrêté dans le temps, rien ne passe, rien ne change... J'embrassai ma tante et rentrai chez moi. Entre-temps mes cousins étaient arrivés et je n'étais plus indispensable, j'avais rempli mon devoir, peut-être avais-je accompli le miracle de sauver une âme ou bien il se peut que ma haine dissimulée l'eût définitivement jetée dans le *nar*, le feu le plus profond des sept enfers ou que je l'eusse rendue muette, incapable de répondre aux deux anges qui pour les musulmans –

«souviens-toi toujours de ça», disait mon frère dans le jardin en plein midi – ouvrent les sept portes qui mènent au ciel, au *jannah*, ces *Mounkar* et *Nakir* qui interrogent l'âme du défunt et, comme le saint Michel des chrétiens, décident du salut ou de la damnation éternels; et même si elle avait passé l'épreuve des anges avec succès, peut-être ses péchés l'avaient-ils laissée sans la lumière nécessaire pour franchir les sept tronçons de l'*As-Sirat*, le pont extrêmement étroit et tranchant menant au *firdaous*, le jardin du paradis et peut-être avait-elle été entraînée par *Iblis*, l'ange déchu, jusqu'aux perpétuelles ténèbres de la géhenne... Je me moquais du destin qui l'attendait et ne voulais pas en voir davantage, je n'avais plus rien à faire là-bas, n'étant pas musulmane je ne pouvais assister au rite de purification du cadavre et en tant que femme il m'était interdit de me rendre au cimetière... Je retournai à ma solitude. Le brouillard s'était levé et le soleil, reconnaissant, illuminait la ville qui m'apparut différente, nouvelle, plus blanche et parfumée que jamais, même la mer paraissait autre, moins douloureuse. Rachel le sentit en me voyant entrer dans la maison. «Madame, vous semblez heureuse ce matin, quelle belle matinée, n'est-ce pas?» «Oui, Rachel, très belle, si belle que nous irons nous promener dans le souk et les bazars, je veux t'offrir une robe, demain c'est ton anniversaire. Quel âge vas-tu avoir, treize ans?» «Oui, madame, je vais avoir treize ans...» Tante ferma la maison, partit à Alger avec l'aîné de mes cousins, d'après ce qu'on m'a dit elle mourut quatre mois plus tard... Je ne la revis pas mais ne veux point me souvenir d'elle telle que je la vis pour la dernière fois ni de son regard dur avec lequel elle me reçut à mon arrivée ici, je veux me la rappeler jeune et élégante dans l'église Saint-Martin, peut-être heureuse, même si je crois qu'aucune femme n'a pu l'être pleinement, achetées, compagnes de lit et mères... mais seules, toujours seules et éternellement convaincues que leur vie aurait pu être autre... toujours la même histoire.

XII LA LETTRE

Ici le printemps arrive très vite, nous ne sommes qu'en février et tous les arbres du verger sont déjà en fleurs, depuis quelques jours le pêcher et les deux pommiers sont colorés de rose et de blanc et maintenant le prunier commence à éclore avec ses minuscules fleurs violettes... Comme dans le verger de chez nous mais deux mois plus tôt. Je ne pouvais imaginer un hiver si court; habituée comme je le suis aux hivers longs et glaciaux de Huesca, je n'ai pas vu passer les saisons et ce printemps est arrivé discrètement, sans prévenir, explosant en un souffle qui apporte un air nouveau et des arômes de fleur d'oranger que je n'avais jamais sentis auparavant, un parfum enivrant, la nuit, lorsqu'il se mêle aux odeurs de jasmin et de violette. Tout est nouveau et je crois que ce pourrait être beau si je n'étais pas prisonnière dans ma propre maison, si la solitude ne m'obligeait à parler toute seule comme une folle. María, tu dois t'habituer à ta nouvelle vie, le passé est passé, cela n'a pas de sens de te casser la tête à te demander à quoi peut bien ressembler la plaine de Huesca en ce moment, les odeurs des champs, si sont déjà arrivés les martinets, qui chaque année faisaient leur nid dans les creux du mur du mirador et les hirondelles qui nichaient sous l'avant-toit… Ce printemps est tout à fait nouveau pour moi et en y réfléchissant, il me semble que mon malheur est de le vivre sans personne à mes côtés… Le pire est de pressentir que je n'aurai plus jamais de compagnie… Je n'ai pas remis les pieds dans le quartier de la grande mosquée, je n'ai pas vu ni ne veux voir aucun des musulmans espagnols, ce n'est pas de la peur, c'est juste qu'ils me donnent la nausée… Seule et maudite également dans ce quartier de chrétiens où les cloches de l'église Saint-Sébastien me rappellent les sons et la musique des cloches de Saint-Martin et de l'église dominicaine qui m'ont accompagnée depuis toute petite. Mais je n'y vais pas, Saint-Sébastien est près de la maison mais je n'y vais pas, les rares fois où je suis allée voir le curé pour lui parler et lui raconter ce que je vis, je me suis heurtée à la barrière de la langue et à la muraille érigée par sa méfiance… Les morisques d'ici sont aussi repliés sur eux-mêmes que ceux de Huesca, une minorité qui se sent peut-être exclue et harcelée, même si cela ne me semble pas être le cas, qui jouit de toute la protection des dominateurs espagnols et se méfie malgré tout d'inconnus comme moi qui ne suis qu'une étrangère expulsée d'Espagne, ils le savent tous, rejetée par sa propre famille, peut-être coupable de mille crimes et péchés… J'ai échoué dans mes premières tentatives de gagner leur confiance puis j'y ai renoncé, à quoi bon insister, c'était comme de lutter contre le vent, un ennemi invisible, incorporel… je me suis résignée à être l'Espagnole solitaire ayant fui son pays allez savoir pourquoi, cette femme vivant dans le faubourg chrétien de Saint-Sébastien, une inconnue arrivée en compagnie de Leïla al-Guasquí puis qui n'a plus jamais reçu la visite de personne... Je me souviens de Felipa de Alhama lorsqu'elle est venue à Huesca fuyant la persécution à Grenade, personne ne la regardait, personne ne lui parlait, tout le monde la soupçonnait de je ne sais quoi, les enfants l'appelaient la sorcière, nous croyions qu'elle jetait le mauvais œil et si nous la rencontrions nous baissions la tête et nous mettions à courir... Un jour on l'a retrouvée au bout d'une corde, elle s'était pendue dans l'écurie de sa maison et il n'y eut alors plus que des lamentations sur la façon dont on l'avait traitée, sur le vide auquel elle s'était confrontée, sur la solitude dans laquelle elle avait vécu ces années-là jusqu'à en perdre la tête...

Je m'en souviens et tremble à l'idée qu'il est peut-être en train de m'arriver la même chose, qu'à force de ne parler avec personne, me reclure chez moi et ne sortir que pour les choses indispensables, esquiver les gens pour ne pas avoir à supporter leurs regards venimeux comme des aiguillons, me cacher des soldats et des clercs espagnols, peut-être suis-je moi aussi en train de descendre irrémédiablement la pente de la démence... L'odeur de la fleur d'oranger m'arrive en rafales rythmées et je me sens nostalgique du printemps de Huesca sans odeurs particulières, seulement celles de l'herbe et des céréales qui mûrissent, un arôme frais emplissant toute la maison, une invitation à inspirer à pleins poumons, et la voix de Juan tout près: «Marieta, rentre, cette brise de mai est dangereuse et tu dois prendre soin de toi, tu es enceinte de six mois...» Mais je n'en tenais pas compte et laissais la nuit m'imprégner de lune et de grillons, la seule chose que je voulais était de laisser passer le temps, que l'accouchement arrive, je désirais de toute mon âme que ce ne fût pas une fille, je n'avais pas envie de mettre au monde des esclaves et mon obsession était si forte que j'étais tout à fait certaine qu'un autre garçon naîtrait après avoir perdu mes deux filles les années précédentes... Agustín naquit en août, Juan dut improviser un prénom, rêvant d'une fille à qui il pensait donner le mien. «Il s'appellera Agustín, María, comme mon grand-père...» Quelle importance, pensai-je, j'aurais préféré Vicente, un saint pour lequel j'avais alors beaucoup de dévotion, mais je ne voulus pas le contredire et notre fils s'appela Agustín. Ce fut un accouchement long et difficile, il arrivait par le siège et il m'en coûta de le mettre au monde, dès son premier gémissement je l'aimai d'une façon toute particulière, aucun des autres accouchements n'avait été si douloureux, aucun de mes enfants n'avait autant souffert pour naître ni pour grandir ensuite... Petit il fut toujours malingre, le plus espiègle de tous mais maigre, toujours malade... Je ne sais pas pourquoi ces souvenirs viennent maintenant me voler un moment de paix, l'un de ces rares moments vécus dans le calme depuis que je me suis échappée du monde pour m'enfermer dans cette maison où la seule chose que je savoure est la lumière des couchers du soleil sur le potager... Je le revois maintenant, je revois ce paisible soir de printemps dans le jardin, l'esprit tranquille, absorbé par la tache rose du pêcher et les blessures des souvenirs qui tels des fauves aux aguets m'attaquaient dès que je revenais à moi.

On frappa à la porte, c'était la première fois que l'on frappait chez moi et l'espace d'un instant j'imaginai quelque malheur, mais je ne vois pas quel mal pouvait m'arriver, alors que j'avais déjà enduré tous les maux imaginables, je n'avais personne à Oran et même s'il s'était agi de la mort d'un de mes oncles cela n'aurait pas été une tragédie pour moi, mais bien que rien ne pût m'arriver, je tremblais au moment d'ouvrir la porte. Le frémissement devint frisson qui me parcourut toute la colonne vertébrale lorsqu'en face de moi je trouvai l'un des matelots de ben Amir, un jeune homme avec qui j'avais parlé deux ou trois fois, un garçon originaire du royaume de Murcie dont la famille vivait exilée à Bougie depuis plusieurs années. «Doña María, ne vous inquiétez pas, madame, en Barbarie vous serez très bien, nous avons tous pu refaire nos vies, même si notre terre natale n'a jamais cessé de nous manquer car, qu'on le veuille ou non, bien que nous vivions aujourd'hui entre musulmans, libres et sans peurs, on n'oublie pas la terre d'où on vient… Je n'avais que dix ans lorsque je suis parti, mais chaque fois que je sens la fleur d'oranger je ferme les yeux et me perds entre les citronniers du verger à Alcantarilla, j'entends la noria tourner et les godets grincer de leur voix monotone…» Ce garçon était là à présent, il s'appelait Rachid… «*Salam'alaikum*, madame…» «Que fais-tu ici, Rachid?» «Je viens de la part de ben Amir, il m'envoie car je suis le seul à parler romance. Voici une lettre de Huesca, apportée au bateau à Marseille par le même homme qui vous a accompagnée…» Il me présenta un papier attaché avec un ruban jaune et une tache de cire rouge comme garantie d'inviolabilité, une écriture déliée apparaissait dessus: «Avec tous mes respects, madame. Fabián.» «Je crois, madame, que ce sont des nouvelles qui vous satisferont, d'après ce qu'il a dit...» Rachid s'en alla sans vouloir de thé à la menthe du jardin, il était pressé... Ce jour-là était un jour sombre, je pestai et jurai contre un destin qui me retenait prisonnière à des milliers de lieues de Huesca, avec une mer entre ici et là-bas et l'éternité comme frontière, jamais plus je n'y retournerais, la colère troublait ma vue, une rancœur si vive envahit mon cœur que j'aurais préféré mourir que de ne jamais pouvoir me venger des misérables brutes qui avaient fait mon malheur... Huesca m'apparut pour me plonger encore davantage dans un abîme d'impuissance, ma maison, la petite place d'Alquibla, Agustín mort... et moi si loin de tout et sans pouvoir cracher le venin qui m'empoisonnait jusqu'à la moelle...

Huesca le deux janvier de l'an mille six cent quinze
Chère et vénérée doña María de Marguán: Cette lettre, qui j'espère vous parviendra sans encombre par l'entremise des mêmes personnes qui vous ont accompagnée durant votre voyage, a pour objet de vous donner des nouvelles de la plus grande importance même si vous ne pourrez malheureusement pas vous en réjouir autant qu'on pourrait l'espérer. Il y a quinze jours, Roberto de Lorés, votre beau-frère, a été arrêté sur ordre du justice de la ville et incarcéré à la prison des gens du commun. Il se trouve actuellement à la prison des nobles de Saragosse en raison de son rang. Il est accusé d'avoir organisé l'assassinat de votre fils Agustín avec une bande de sicaires de Cuarte et de Tierz; les trois hommes que les témoins ont vus entrer dans votre boutique la nuit où votre fils a été assassiné sont les auteurs

matériels de sa mort, mais selon les aveux des trois assassins, c'est Roberto de Lorés qui a donné l'ordre de le tuer et les a payés pour cela. Dieu a voulu que le hasard me permette de découvrir que Luis de Escuer, de Cuarte, avait vendu à Saragosse une salière en argent doré portant les initiales de votre père. Il ne s'agit pas maintenant de m'étendre là-dessus, mais Luis de Escuer a déclaré que votre beau-frère lui avait donné cet objet et après trois jours d'interrogatoire il a reconnu que la salière faisait partie du paiement de Roberto de Lorés pour l'assassinat d'Agustín, commis par lui avec Lamberto d'Ayneto et Lucas Subías, de Tierz. Néanmoins, Roberto nie formellement avoir fait éliminer votre fils et dit qu'il est de notoriété publique qu'aucun bijou des Marguán ne se trouve chez les Lorés, que j'ai pu moi-même constater que tout avait été volé, ce qui est vrai bien que je sois de plus en plus convaincu que les assassins ont raison, que les Lorés ont décidé la mort de votre fils afin de s'emparer de tous les biens qui en vertu du testament de votre père et de votre époux leur appartenaient si Agustín mourait sans descendance, à plus forte raison lorsqu'ils ont appris votre condamnation et l'impossibilité même de jouir de l'usufruit car on vous expulsait du royaume. Je n'ai pu trouver aucune preuve contre les Lorés lors des deux perquisitions faites dans leur maison sur ordre du Saint-Office pour voir s'il s'y trouvait certains des biens de votre famille qui auraient dû passer aux mains de l'Inquisition. Rien, je n'ai rien trouvé. Si les Lorés sont les auteurs du meurtre il n'y a pas la moindre preuve, mais j'espère que Roberto finira par reconnaître sa culpabilité dans la mort d'Agustín, même s'il n'a peut-être jamais mis la main sur les bijoux et les biens dont les assassins ont fort bien pu s'emparer sans jamais les lui donner. De la prison des nobles

il passera bientôt à celle de l'Aljafería, accusé par l'Inquisition
d'avoir volé des biens du Saint-Office et de parjure, je le mets
moi-même en accusation et vous savez bien, madame, qu'il
est difficile de ne pas capituler, quiconque ou presque finit
par déclarer ce que les inquisiteurs veulent entendre. Je vous
promets de faire l'impossible pour que Roberto paie pour son
crime. J'espère et je souhaite que cette nouvelle vous apporte un
peu de réconfort, bien que rien ne puisse vous rendre tout ce
qu'on vous a enlevé. L'amitié et l'affection que j'éprouvais pour
votre mari, vos enfants et vous-même me donneront la force
de poursuivre ma quête des coupables de la mort d'Agustín
et j'utiliserai toutes mes relations pour y parvenir. Vous
méritez cette satisfaction, bien mince si je la compare avec vos
souffrances.
Dieu vous bénisse et vous apporte la paix,

Diego de Foncillas

Il n'est jamais arrivé de deuxième lettre et je suis là, sans
savoir ce qui s'est passé, si les Lorés ont payé ou non pour
leur faute, les relations ont été coupées il y a presque dix-huit
ans, enfin je ne sais plus très bien combien de temps cela fait
mais depuis cette lettre Foncillas n'a pas donné signe de vie
et je n'ai pu le joindre, le bateau de ben Amir a fait naufrage
et j'ai ainsi perdu le contact de Foncillas et de Fabián… Je
ne suis plus qu'oubli, plus personne ne pense à moi, effacée
à jamais de la mémoire de ceux de là-bas et ignorée par ceux
d'ici ; une ombre ou moins qu'une ombre, nul ne se rappellera
ne serait-ce que mon nom, peut-être qu'en passant devant
la maison des Marguán dans la rue Saint-Martin certains

se souviendront de l'ancien nom, mais qui peut savoir comment la maison s'appelle désormais, qui l'habite... Seule la pierre tombale avec le nom de mon mari et de mes enfants restera sur le domaine de l'église Saint-Dominique et encore il était seulement écrit: «tombe de Juan de Lorés et des siens», tous perdus, moi et mes enfants également, des cadavres anonymes pour l'éternité, des ossements sans nom, des ombres qui s'estompent dans le passé. Qui pourra s'en souvenir? Je mourrai ici, on m'enterrera ici, sans prénom, sans nom, peut-être me jettera-t-on au fond d'un ravin car je ne suis ni musulmane ni chrétienne, je n'ai le droit de reposer en paix nulle part, ni dans un cimetière chrétien ni dans un cimetière musulman...

Comment voulez-vous que je me sente dans ces moments où la mémoire me mène directement à Huesca sans que je sache pourquoi, cette Huesca perdue pour toujours depuis la lettre de Foncillas... La colère de ne pas savoir si justice a été faite me ronge l'âme et mille fois par jour je peste contre ma ville, contre tout le monde sans exception car personne n'a évité la mort de mon fils et je maudis le nom des Lorés mille fois par minute, c'est la seule façon pour que la rage ne m'étouffe pas et l'unique raison à ma vie qui chemine par bonds, à tâtons, butant contre moi-même et contre mes ombres, parfois une fenêtre s'ouvre et un flot de lumière m'éblouit, un tison à moitié éteint se rallume alors et finit par m'embraser tout entière... Lorsque cela arrive, lorsque Huesca s'empare de moi et me consume, j'injurie Dieu qui a permis que l'on me chasse sans que je puisse venger le sang de mon fils, tout comme je blasphème à présent, à la brune d'un printemps prématuré qui a fait fleurir le pêcher plus tôt que jamais dans cette longue absence de tant d'années dont j'ai perdu le compte...

Je baisse la tête et laisse le temps me réduire à néant...

XIII RACHEL

Je la revois encore comme au premier jour. Lorsque sa mère me l'amena, me disant de la prendre avec moi pour qu'elle me tienne compagnie, qu'il n'était pas bon qu'une femme soit toujours seule, elle m'observait depuis longtemps, savait que je n'étais pas heureuse... «Je ne sais pas ce qui vous arrive, madame et ne me dites rien, mais vous ne pouvez cacher votre souffrance, il suffit de vous regarder pour comprendre que vous traînez une peine immense et que vous ne voulez rien savoir de personne, que vous évitez le monde... Pardonnez-moi de m'immiscer dans votre vie mais cela m'attriste profondément de toujours vous voir passer en silence, furtivement, presque en cachette et sans pouvoir parler à cause de la langue... En ville des bruits courent sur vous, on dit que vous êtes musulmane renégate et que votre famille d'ici vous a rejetée, que vous avez été expulsée d'Espagne et que malgré tout on ne vous accepte pas... Nous avons nous aussi, madame, enduré des expulsions et des exils. Voici Rachel, une fille dégourdie qui peut vous aider, nous sommes pauvres et devons au plus vite nous défaire de nos enfants, à la maison il n'y a pas assez pour huit bouches à nourrir… Si vous ne vous méfiez pas des Juifs, parce que nous sommes des Juifs espagnols…» Je regardai Rachel dont les yeux, noirs comme la nuit, scintillaient de mille feux, attendant ma réponse… «Mais tu es très jeune, Rachel, que peux-tu faire, ma fille?» Elle pouvait tout faire, les achats et autres commissions, la vaisselle, laver et surtout, me tenir compagnie… Elle le prouva le temps qu'elle resta avec moi, de nombreuses années, jusqu'à ce que ses parents la marient, car elle non plus ne put échapper à sa condition d'objet de troc, avec un boutiquier hébreu veuf, vieux mais riche… «Doña María, que vais-je devenir, mariée à ce vieux débris plus âgé que mon père? Ils massacrent ma vie, madame…» Pour une fois je lui contai mon histoire, l'histoire de toutes les femmes… «Oui mais je ne peux même pas nourrir l'espoir de tomber enceinte de cet homme et je voudrais avoir des enfants; on me marie pour être un animal de compagnie, devoir coucher avec lui me répugne…» «Ferme les yeux et l'âme, Rachel, si tu y penses trop tu vas devenir folle et cela n'en vaut pas la peine, ce vieil homme ne peut pas vivre beaucoup plus longtemps et après tu seras riche et libre, mon enfant…» «En échange de lui laver les fesses, doña María, d'essuyer sa bave et de me soumettre à ses désirs, ma mère a dit que ça, c'était sacré; je n'ai jamais eu de relations mais j'avais toujours rêvé qu'elles aient lieu avec un beau jeune homme galant et non avec un vieillard…»

Je la revois dans toute sa beauté grandir à la maison, devenir une femme capable de rendre amoureux n'importe quel homme. Tous, quelle que soit leur religion, la désiraient. Tant qu'elle fut avec moi, la maison ressembla moins à une prison et Oran, moins à un exil. Quelquefois, même, les éclats cristallins du rire de sa jeunesse remplissaient de musique chaque recoin de la pièce, des rires qui ne me gagnaient pas mais me faisaient esquisser un sourire en la voyant aller d'un côté à l'autre de la maison comme un écureuil, parcourant les étages, maintenant dans la cuisine, une seconde après dans le potager qui, grâce à son travail, ressemblait à un jardin d'agrément aussi bien en hiver qu'en été. Je ne saurais pas dire combien d'années elle resta auprès de moi car cette époque s'est effacée de ma mémoire comme si elle n'avait jamais existé, Rachel est une parenthèse entre la tragédie de Huesca et la douleur quotidienne d'Oran, un moment que la rage qui me domine a expulsé de mon souvenir comme si je n'avais le droit que de souffrir... Je ne sais combien d'années mais je sais qu'elle avait douze ans en entrant à mon service et était une femme lorsqu'elle partit, peut-être avait-elle déjà vingt ans... Et de tout ce temps il ne me reste presque rien, sa voix comme un grelot tintinnabulant dans mon âme, son regard apportant un peu de chaleur à toute cette froideur qui me transperce jusqu'aux os lorsque la nostalgie m'inonde, son rire joyeux brisant le silence... Elle me donna plus d'amour que je n'aurais jamais pu en rêver depuis que j'avais perdu mes enfants et étais restée seule en ce monde. Oui, Rachel était comme une fille pour moi mais ce n'était pas la mienne et elle fut vendue à un bon acheteur... Elle s'en alla mais me rendait visite chaque jour... «Doña María, vous savez...» Sa vie, il n'était pas nécessaire de me la raconter, je pouvais l'imaginer, la jalousie de son mari chaque fois qu'elle s'attardait un peu ou se montrait à la fenêtre… «Dans la rue je dois marcher tête basse, ne regarder personne, ne pas parler… un jour il ne me laissera même plus venir vous rendre visite.» Et il l'emmena à Alger. Je ne la revis pas; j'appris par sa mère qu'elle avait accouché de deux garçons et aujourd'hui, tant d'années après, sa lettre me parvient… Je ne veux pas la lire, je ne veux pas connaître ses malheurs, je préfère me la rappeler lorsqu'elle me regardait en riant, ces rires qui me faisaient oublier le monde et tout ramener à sa gaieté capable de m'éclairer dans l'obscurité…

Chère doña María: Que YHWH vous bénisse. Il y a longtemps que je suis partie d'Oran mais dans mon souvenir et dans mes prières vous êtes toujours présente. J'ai su par ma mère que vous alliez bien, chaque fois qu'elle m'écrit ou me rend visite elle me parle de vous, même si elle dit qu'elle ne vous voit guère, que vous sortez rarement de chez vous et semblez passer votre temps cachée, lorsqu'elle est allée vous voir elle vous a chaque fois trouvée très étrange et peu disposée à parler, selon elle seul le jardin paraissait vous rendre heureuse… Je me souviens de votre joie à chaque printemps à voir les fleurs, respirer leur arôme et en hiver l'odeur intense du citronnier et de l'oranger que nous plantâmes la première année que je passai près de vous. Je me rappelle avec émotion ces nuits passées à parler, enveloppées du profond parfum de fleur d'oranger que vous ne connaissiez pas avant d'arriver en Barbarie et qui finissait par nous laisser à moitié ivres… À ces moments-là vous paraissiez autre, moins triste, comme oubliant les tragédies qui vous ont menée jusqu'ici. Je sais aussi par ma mère que depuis mon *départ pour Alger vous n'avez aucune domestique qui vous tienne compagnie et s'occupe de votre maison. Je vous propose mes services si vous gardez encore l'affection que vous m'avez toujours manifestée, je crois que cela vous fera du bien de m'avoir près de vous, la solitude n'est pas bonne. Ma vie n'a pas été très dure, mon mari est mort depuis quelques années déjà et j'ai dû élever deux jumeaux car ce vieillard m'a mise enceinte peu de temps après notre mariage. Je l'assume à présent mais j'ai mis du temps à accepter ces enfants, fruits d'une union sans amour. Ce sont deux garçons costauds, en bonne santé et à même de s'occuper des négoces laissés par leur père, je peux donc me reposer, cesser de me disputer avec les fournisseurs, secrétaires et administrateurs qui ne cherchaient qu'à me voler. Vous m'aviez heureusement appris à lire, écrire et compter, mais par la suite j'ai dû apprendre l'arabe car le ladino* ne me servait pas à grand-chose. J'aimerais rentrer à Oran et passer mon temps avec ma mère et avec vous, j'ai assez d'argent pour vivre et ne veux plus travailler dans les affaires dont j'ai hérité de mon époux, mes enfants s'en chargent déjà. Je ne sais pas très bien quand tout sera prêt pour mon départ mais je crois qu'en automne je serai là-bas. Je vivrai chez ma mère, qui elle aussi est seule depuis longtemps et qui est très vieille, mais je suis sûre que ce ne sera pas difficile de partager mon temps entre elle et vous. Nous nous verrons bientôt madame. Que Dieu vous garde. Rachel.*

… Pourquoi reviens-tu, Rachel? À quoi sert de ressusciter le passé qui n'est que cela, du passé? Mieux vaut le laisser à sa place, je ne veux pas revenir en arrière et pourtant tout m'y ramène, tout, je n'ai pas d'avenir et le présent m'étourdit, il ne me reste pas d'autre voie que de marcher à reculons or je m'y refuse, je ne veux pas revivre une telle tragédie ni les moments de sérénité que tu m'as donnés les premières années passées dans cette prison où je ne pensais pas rester si longtemps, mais je suis toujours là, je suis là à pourrir d'impatience que la fin arrive... Et maintenant tu me dis que tu viens, Rachel. Tu ne me reconnaîtras pas, je ne suis plus que le fantôme de moi-même, plus qu'une peau sèche et ridée... Non, je ne veux pas que tu me voies dans la misère de mon corps ni dans les misères de cette maison, toujours fermée, je ne veux pas que la lumière entre, ni l'air de la mer ni même le parfum des fleurs de l'oranger qui, par miracle, continue à éclore chaque hiver. Jadis une rage bouillonnait en moi, me nourrissant, me stimulant, alimentant l'espoir de me venger de ceux qui m'avaient fait tant de mal, je désirais que la justice punisse les assassins de mon fils, mais je ne saurai jamais si les Lorés ont payé pour leur crime... Une fois perdu l'espoir de savoir si la mort d'Agustín avait été vengée je n'ai plus rien eu à faire en ce monde. Non, je ne veux pas que tu viennes, Rachel, laisse-moi seule, recluse dans ma tanière tandis que le peu de forces qui me restent déclinent et que la haine, qui m'a maintenue en vie tant d'années, perd de sa puissance. Désormais ni la rage ni la haine ni la rancœur la plus profonde contre ceux qui m'ont expulsée de mon monde ne peuvent prolonger cette agonie de tous les jours... Et si jamais tu décides de venir, ne frappe pas, entre discrètement sans que je m'en rende compte, surprends-moi endormie ou somnolente et regarde-moi, il est probable que je te dégoûte ou t'inspire pitié et commisération, que tu sois prise d'une envie de partir en courant avant que je me réveille; l'horreur du temps qui passe devient plus évidente que jamais lorsque nous nous apercevons soudain que l'image en face de nous est très éloignée de celle que nous gardions en mémoire... Si tu réfléchis, chaque fois que tu rêves ou imagines quelqu'un c'est l'image que tu as conservée qui apparaît, tu n'es jamais capable de le voir avec vingt ans de plus... Je me souviens de toi enfant, jeune fille, femme belle et gracieuse, mais je ne peux t'imaginer avec dix-huit ans de plus, la tête grise, les seins flasques et tombants, l'allure fatiguée... Je m'étonne moi-même en me regardant chaque matin dans le miroir, je ne me reconnais pas, je refuse de penser que toute une vie inutile a passé pour finir transformée en épouvantail... Pourquoi veux-tu me voir, Rachel? Entre chez moi par surprise et surtout ne dis rien... Si tu es capable de ne pas te mettre à courir, effrayée par l'horreur de cette vieille femme, garde le silence mais pose la main sur mon front, comme tu le faisais lorsque je tombais malade de tristesse et lorsque les souvenirs me faisaient bouillir de rage... Cette main était une consolation et peut-être que cela vaut la peine de la sentir une fois encore avant de partir, car un tel désastre ne peut plus durer bien longtemps... Fais ce qui te semble être le mieux, Rachel. Dorénavant je laisserai la porte ouverte jour et nuit, viens quand tu veux, ne demande pas, entre, avec toi près de moi ce sera sûrement plus facile de dire au revoir à tant de solitude et de sauter le pas... Pour l'instant, sous l'oranger que tu as planté, ces fruits qui m'ont toujours paru un miracle et m'ont fascinée dès la première fois que je les ai vus, je laisse passer le temps, chaque minute est une minute de moins, un pas en avant... Tout est calme en ce matin de printemps, on n'entend même pas la mer, l'air saumâtre ne m'étouffe pas... je viens d'arroser et tout sent la terre humide; en fermant les yeux à demi je peux m'imaginer face à Salas après une averse, lorsque du plus profond de la terre naissaient les odeurs que j'ai gardées vivantes durant cet exil, si long que je ne trouve plus le sentier effacé par lequel revenir sur mes pas... Si tu veux venir, viens, mais le passé est bel et bien mort, je ne crois pas que tu parviennes à le ressusciter.

XIV LUNE DÉCROISSANTE

Cette nuit la lune brille de reflets d'argent dans un ciel si sombre, tant d'étoiles et de constellations sont visibles que l'on dirait une nuit à Huesca sous le *cierzo* de janvier. Je ne sais pas quel air souffle ni d'où il vient mais je n'ai jamais rien vu de pareil ni senti ces arômes arrivant d'un lieu inconnu jusqu'à présent... La nuit est calme, si tranquille que même la mer semble s'être endormie, bercée par les bras immatériels de ce mystère, enveloppant et transformant tout... Poussée par une force capable de m'ôter cinquante ans, je suis descendue dans le jardin voir où se cache l'esprit qui m'a donné des ailes et m'élève soudain au-dessus d'une si grande lassitude pour me conduire vers un univers que je croyais mort à tout jamais... Dans le bassin du jardin la lune devient un joyau liquide de mercure ridé par cette brise sans nom et sans origine, je m'approche pour la voir, c'est la même lune que cette nuit de Saint-Jean dans le jardin, près de l'étang avec ma mère et ma grand-mère attendant les premières lueurs de l'aube, nuit pleine d'astres étincelants comme maintenant, comme maintenant la même lune décroissante, la même couleur, la même danse sur l'eau, la même brise apaisant les esprits… J'étais absorbée par le mystère d'une nuit longue, interminable, les deux femmes de la maison murmurant tandis que je me perdais parmi les astres. J'entendis ma grand-mère dire: «Cette nuit, María, est ta première nuit de femme…» Quelques jours auparavant j'avais eu mes premières règles mais cela ne m'avait pas inquiétée, mère m'avait instruite, je savais ce que c'était et ce que cela signifiait. «Marieta, nous, les femmes de cette famille, nous nous lavons chaque jour tout le corps, ça tu le sais déjà, dorénavant tu devras le faire aussi, à la maison tu n'as pas à te cacher mais lorsque tu ne seras pas ici tu devras veiller à ne le faire qu'à des moments où personne ne pourra te voir ni même ton mari, car ces coutumes ne sont pas bien vues par les vieux chrétiens et ton père va te marier avec l'un d'eux vers la prochaine Saint-Michel…» En observant la lune jouer dans l'eau j'avais tout oublié, même la nouvelle qui six jours plus tôt m'avait bouleversée, me marier… Oui, j'étais désormais une femme, c'est pourquoi on me laissait veiller jusqu'au lever du soleil, que je puisse me laver à l'air libre comme les musulmanes et les chrétiennes le faisaient à Huesca, la nuit de la Saint-Jean, pour se purifier et pour, selon elles, faciliter la fécondité et conserver l'amour. Juste au premier rayon de lumière, lorsque du côté de Quinto une ligne blanchâtre se dessina dans le ciel, elles firent chacune deux inclinaisons qu'elles appelèrent *al-fachar*, puis se dévêtirent et ma mère me chuchota de faire pareil, le moment était venu de faire la *tahor*, la purification, ajouta ma grand-mère, «il faut mouiller tout son corps, là où tu n'y arrives pas avec les mains sers-toi de cette ramille tout juste coupée du saule fragile du bord de l'étang». Elles parlaient ou priaient, je ne comprenais alors pas très bien ce qu'elles faisaient, même si je sais maintenant que c'étaient des prières propres à la purification et certaines paroles de ce moment-là me reviennent à l'esprit, des paroles qui, en raison de la force mystérieuse de la nouveauté et de l'inconnu, sont restées à jamais gravées dans ma mémoire... «Seigneur, préserve mes membres de la fornication et mon ventre des choses interdites et sales; délivre toutes mes actions de l'orgueil et de la vanité; ma langue, du mensonge; mon cœur, de l'infidélité et de l'apostasie; éloigne mon regard des choses laides et mauvaises. Ô Seigneur de toute la création. » Avant de commencer je regardai le dernier éclat de lune dans l'étang juste au moment où ma mère y entrait, brisant le miracle, je levai les yeux vers le ciel, la lune ne s'était pas égarée, elle demeurait intacte au plus haut de la voûte céleste, décroissante, dessinant un C d'acier qui s'effaçait à mesure que l'aube naissait jusqu'à tout éclairer de sa lumière blême et rosée... Nous nous séchions toutes les trois lorsque je m'aperçus soudain que le jour avait englouti la lune et qu'il ne restait plus d'étoiles dans le ciel, j'éprouvai une tristesse indéfinissable dont je n'ai jamais pu connaître la cause, savoir si c'était d'être consciente de ma condition de femme, parce que grandir et devenir adulte effraie toujours ou parce que j'avais perdu la lune en ce premier matin de ma vie où je voyais poindre l'aube; je crois que cette mélancolie qui s'insinua au plus profond de moi était le fruit d'une étrange émotion qui renaît chaque fois que la nuit devient silencieuse et que la lune décroissante se reflète sur l'eau...

Comme maintenant, alors que m'assaillent les souvenirs bouillonnants et désordonnés de cette nuit où je fus initiée à la vie de femme en déchirant la lune. Pendant que nous nous baignions parmi les vaguelettes formées dans l'eau par nos mouvements, la lune apparaissait morcelée, des particules de lumière qui, lorsque je voulais les attraper, me glissaient des mains, mais peu m'importait, j'avais l'impression de me laver avec des gouttes de lune et que tout mon corps devenait lumineux... Lorsque le jour éteignit la magie je sentis que quelque chose s'était échappé de moi pour toujours, jamais plus je ne pourrais renouveler ce moment... Et il en fut ainsi, plus jamais je n'eus l'occasion d'une nuit de Saint-Jean comme celle-là, déjà mariée l'année suivante je ne pus que poser une bassine d'eau à la lumière de la lune et me laver avant l'aube, mais la lune ne se reflétait pas dans le baquet et mon dos n'était pas éclaboussé de lumière... Cette nuit en revanche la lune est bien là, flottant dans le bassin, tentatrice, m'invitant à partager la lumière et tant de nostalgies arrivent ici, en un troupeau déchaîné, m'étourdissant dans cette solitude du jardin et faisant chanceler mon esprit, je ne sais plus si cette lumière qui danse dans l'eau est réelle ou si elle n'est que le produit de mon imagination, un fantôme de plus parmi tous ceux qui m'entraînent dans un tumulte virevoltant autour de moi comme un remous... Je ne sais pas si elle est réelle ou imaginaire mais je la vois briller, m'appeler et j'avance les mains jusqu'à la toucher, je crois la saisir, referme les mains, la garde comme un trésor... «Marieta, que fais-tu?...» «Rien, maman, j'essaie d'attraper la lune...» «Quelle drôle d'idée, mon enfant, la lune n'est pas dans l'eau...» Je serre les poings pour que l'astre que j'entrevois par la jointure de mes doigts ne s'échappe pas, mais ces doigts ne sont pas les mêmes, ce ne sont pas les mains délicates et soignées d'une enfant devenue femme une nuit de Saint-Jean, ces doigts sont des sarments décharnés, rien que de la peau et des os déformés par les rhumatismes, ils ne parviennent pas à l'attraper et la lune se retire sans laisser la moindre trace de lumière... comme partent les souvenirs dans un tourbillon d'images qui me donne mal au cœur, ils ne me mettent même plus en colère, je ne lutte pas contre l'impossible, j'ai rendu les armes pour que des voix m'inondent, que des visages me blessent, que tous les regrets et la nostalgie me meurtrissent, telle la lune qui s'enfuit de mes mains, mes enfants se dérobent à mes yeux, Huesca s'efface sans laisser de trace dans ma mémoire, Miguel, le fils de l'hippiatre, se perd dans la nuit et sa saveur, que j'ai gardée toute la vie sur la pointe de la langue, s'évapore... J'ai tout perdu, seuls les mauvais souvenirs restent, parfaitement définis, les poignets blessés, la mort décimant la famille, le sang versé dans la boutique, l'odeur pestilentielle de chair brûlée, ils sont là et je ne trouve pas la force de m'en défaire, ils m'envahissent mais je continue à chasser un morceau de lune dans le bassin en espérant entendre de nouveau la voix de maman: «Marieta, mais que fais-tu, ma fille?» Ah, mère, si je le savais, mais à soixante ans on ne comprend plus grand-chose, ni où on se trouve ni ce que l'on fait et on n'a plus le courage d'entretenir la flamme de la haine or si la haine s'éteint, quelle autre raison peut alimenter l'espoir de me réveiller demain? Rien, il n'y a plus que la lune entre mes mains, cette lune qui sur la mer en direction d'Oran m'éblouit et illumine les voiles du navire de ben Amir: «Doña María, vous feriez bien de vous couvrir, les nuits en mer sont dangereuses et en tombant sur vous l'embrun vous transira de froid…» Je veux la voir encore, la lune sur la mer et les voiles gonflées par le vent, sentir de nouveau la somnolence causée par le rythme des vagues… la moitié d'une vie dos à la mer, à la haïr, à entendre son éternel rugissement qui me poursuit… mais en mer la lune réapparaît sur chaque crête des vagues, des milliers de lunes multipliées à chaque seconde, je veux les sentir baigner mon corps en entier en cette nouvelle nuit de Saint-Jean. «Marieta, tu es une femme à présent…» Si la bise se lève le bateau virera peut-être de bord ou ira à la dérive et n'arrivera alors jamais à Oran ou bien me ramènera à Marseille et je pourrai ainsi rebrousser chemin, si d'aventure souffle le cierzo, il balaiera tout ce brouillard et la sierra de Guara se découpera sur le ciel, nette de nouveau, teindra de rouge l'air pur du soir sur Salas, Agustín depuis le mirador dira comme à chaque coucher de soleil: «Père, rentrons, il commence à faire froid», tandis que mon regard restera suspendu au vol du dernier martinet de l'année avant de me perdre dans une mer devenue lune… «María, les bijoux, après la *tahor*, attends, ne t'impatiente pas, nous devons te laver entièrement, te parfumer de lavande et d'eau de rose, t'habiller d'une chemise blanche de Hollande brodée de soie écarlate avec une fraise en dentelle, un corsage en velours cramoisi à franges d'or, un vertugadin en coton blanc à rayures bleues, à l'armature solide et par-dessus une jupe en soie grège à rayures noires brodées, retenue par une ceinture en or, puis te peigner avec des perles dans les cheveux et te couvrir d'une coiffe en taffetas

jaune parée de grains d'ambre et de grenat et d'une toque
en soie avec trois pointes en or et sur chacune une perle; aux
pieds, des chaussures de Valence en basane noire doublées,
ornées de bandes dorées et de perles de jais; en ce jour tu
dois être propre et belle, plus belle que jamais, pour que
Juan soit fier de toi...» Aujourd'hui ce n'est plus pareil, je
ne porte ni jupe en soie ni bijoux, que j'ai gagés et jamais
retirés... Mère, je ne trouve que le bracelet d'or et de perle
que je portais au bras droit, la nuit la perle brille comme une
luciole, on dirait vingt gouttes de lune collées à mon poignet,
ma peau est devenue aussi blanche que le lait, fraîche et
parfumée, un frisson me secoue tout entière en sentant la
chaleur d'une bouche sur ma poitrine, je ne sais pas si c'est
mon enfant qui tête ou le baiser de Miguel ou peut-être de
Juan. Un autre frémissement me glace lorsqu'en une proces-
sion lugubre tous mes morts m'apparaissent, tant de vies
inachevées, tant de pleurs inutiles et Dieu éternellement
sourd, n'écoutant pas mes prières qui reviennent, identiques,
je ne sais plus si elles sont chrétiennes ou musulmanes, des
invocations de qui ne veut plus continuer, ne rêve qu'à
retrouver les fantômes du passé... «Ô Dieu, par la grâce que
tu as accordée à Jacob lorsqu'il te pria après avoir perdu son
fils Joseph, te suppliant avec tant de dévotion et de larmes
que ses yeux devinrent aveugles et enfin tu l'écoutas et au
bout de quatre-vingts ans tu lui permis de revoir son fils...»
Mère, j'ai peur, j'ai peur que la nuit arrive et qu'il me faille
affronter nue un homme que je n'aime pas, à quoi me
servent les joyaux, la soie, les parfums, je ne veux pas d'autre
bijou sur le corps que la lune devenue eau, je veux me
baigner dans la lune, m'habiller de lune, me purifier avec

l'eau de la mer pleine de lunes et me libérer enfin de cette odeur de chair brûlée collée à ma peau… «María, toi et moi nous nous aimons, tu dois être mienne…» Est-ce Miguel qui le dit ou bien la voix enjôleuse de la mer?

… Doña María, peut-être n'entendrez-vous jamais ces mots qui s'en vont flotter au vent au cas où ils vous croiseraient, puisque votre esprit doit bien être quelque part; il doit certainement reposer après avoir tant souffert. Ce n'est ni une prière ni une supplication, je pense que vous n'en avez pas besoin car vous devez être au paradis après avoir enduré l'enfer pendant votre vie. Je veux simplement vous dire que je suis rentrée à Oran, j'ai décidé d'acheter votre maison à la ville, qui l'avait saisie, afin d'y vivre et vous avoir ainsi toujours près de moi, car presque tous vos biens ont été laissés et resteront ici à jamais. Je suis arrivée à la fin de l'automne, juste au moment où le citronnier et l'oranger commençaient à fleurir, imprégnant l'air de leur parfum. Votre potager continue d'être un véritable jardin et dans le coin donnant sur le nord-ouest, orienté vers l'Aragon comme vous me le disiez fréquemment, le basilic[10] dont vous aviez apporté les graines de Huesca pousse avec autant de vigueur qu'au premier jour. Tant que je serai en vie et pourrai me débrouiller seule, je vous promets que le jardin ne manquera pas de basilic, ainsi vous et votre terre, si ingrate avec vous et tant aimée pourtant, demeurerez pour toujours dans ce coin perdu où vous ne vous êtes jamais sentie chez vous…
Tout en vous parlant, je sens le chaud soleil de l'hiver sous l'oranger et perçois votre présence comme ces soirs que nous

---

[10]: le basilic est la plante emblématique de Huesca.

passions en silence à coudre ou à laisser simplement s'enfuir le jour car nous n'avions rien d'autre à faire que de nous tenir compagnie l'une à l'autre. C'est l'un de ces moments qui vous plaisaient tant, à l'approche du crépuscule, lorsque les lumières jaunissent au milieu du ramage de tous les oiseaux et du vol des grives qui en bandes criardes fondent sur les champs... Je me souviens que vous disiez toujours à cette heure-là: «Rachel, si tu pouvais voir le coucher du soleil depuis la terrasse, chez moi à Huesca, les lumières sur Salas, la couleur violette de la sierra de Guara, les choucas noircissant le ciel! Ah, si tu pouvais voir tout ça, tu saurais qu'il n'existe nulle part ailleurs des lumières comme celles-là...» À présent, madame, depuis le paradis, vous devez passer d'agréables moments à contempler les couchers du soleil de Huesca en compagnie de tous les gens que vous avez aimés.

Quel que soit le lieu où Dieu veut que vous soyez, sachez que tant que je vivrai vous resterez présente dans ma mémoire et dans mon amour... Aujourd'hui à Oran il souffle un vent froid et sec, peut-être semblable à ce cierzo qui vous manquait tellement et le ciel est plus bleu que jamais, de cette couleur qui vous apportait tant de joie... Je pense à vous et vous sens si proche qu'il me semble que vous vous cachez et restez aux aguets, observant ce que je fais, comme si vous me couvriez de votre regard bienveillant, tout comme lorsque vous me regardiez fixement et me disiez: «Rachel, être femme est plus dur que tu ne le penses, la seule consolation ce sont les enfants et encore ne le sont-ils pas toujours. L'heure n'est pas venue mais elle viendra pour toi d'endurer cela, car nous finissons toutes par connaître cet instant où nous devenons un objet de troc...» Madame, longtemps après j'ai vécu cette tristesse que vous m'aviez annoncée, ce vide que l'on sent lorsque le temps passe et que l'on voit que rien n'a de sens, que l'on n'a rien fait d'autre que de mettre au monde des enfants qui grandissent et n'ont plus besoin de vous... Non, ma vie n'a pas été aussi amère que la vôtre, mais je sens le même vide que vous disiez éprouver en regardant en arrière... Ici, avec votre souvenir toujours vivant, je vous devine à mes côtés et me sens aimée et en sécurité...

QUELQUES TERMES UTILISÉS.

Aljafería: palais fortifié construit à Saragosse au XIᵉ siècle. D'abord résidence de la dynastie arabe du royaume de Saragosse, puis des rois aragonais chrétiens avant d'être affecté à l'Inquisition. Reconstruit en partie, il est actuellement le siège du parlement aragonais.

Al-Andalous: terres de la péninsule ibérique sous domination musulmane entre 711 et 1492, par opposition à l'Hispania des chrétiens.

Alquibla: place de Huesca située au sud des murailles, ayant conservé son nom longtemps après la conquête de la ville par les rois aragonais. Le mot al-qibla désigne en arabe la direction de la Mecque.

Andalousien: habitant d'Al-Andalous et désignant ici les personnes ayant quitté les terres qui constituaient auparavant Al-Andalous (voir ce mot).

Barbarie ou quelquefois **Berbérie**: selon les époques, ce terme désigne l'ensemble des «États barbaresque», c'est-à-dire peu ou prou l'actuelle Afrique du Nord.

Cierzo: en Aragon, le cierzo est un vent du nord-ouest, fort, froid et sec.

Familier de l'Inquisition: salarié de l'Inquisition jouissant de bénéfices et de l'immunité.

Faqih: expert en matière de loi islamique.

Hippiatre: vétérinaire spécialisé dans les soins des chevaux.

Infanzón: noble de petite noblesse (l'équivalent en Aragon de l'hidalgo castillan).

Justice (nom masculin): désigne un haut magistrat aragonais chargé du respect des lois tant par les simples citoyens que par les nobles et le roi.

Ladino: langue parlée et écrite par les Juifs sépharades expulsés d'Espagne en 1492, en grande partie d'origine romane. Le ladino est encore parlé dans les régions du monde où les Juifs sépharades ont trouvé refuge.

Montearagón: forteresse, à quelques kilomètres de Huesca, construite en 1094 par le roi Sancho-Ramirez pour faire le siège de la ville lors de la Reconquête. Elle fut ensuite un important monastère jusqu'au XIXe siècle.

Nouvelle Chrétienté: quartier de Huesca où vivaient les nouveaux chrétiens.

Prêcheurs: désigne ici les frères dominicains.

Romance: l'ensemble des langues (ou l'une d'entre elles), d'origine romane, qui se parlaient en Espagne depuis le haut Moyen-âge jusqu'à leur différenciation en langues castillane, aragonaise, catalane, galaïco-portugaise... Jusque vers le XVIIe siècle on utilise ce terme pour distinguer la langue vernaculaire du latin (et bien sûr du basque, de l'arabe et de l'hébreu).

Université sertorienne de Huesca: université fondée au XIVe siècle et qui doit son nom à Sertorius, général et homme politique romain ayant créé à Huesca vers 72 avant J.C. une école pour les enfants des chefs locaux.

Zuda: ancienne forteresse de Huesca, située au centre de la ville et où siégeaient les chefs musulmans. En Aragon, on désigne ainsi ce qui en Andalousie est appelé alcazaba ou alcazar.

Ánchel Conte Cazcarro : écrivain espagnol né à Alcolea de Cinca en 1942, docteur en histoire. L'une des figures incontournables de la littérature contemporaine en Aragon. Auteur d'ouvrages de poésies, de nombreux récits ainsi que de deux romans en aragonais: *O bolito d'as sisellas* (2000) et *Aguardando lo zierzo* (prix du roman en aragonais de la ville de Barbastro en 2002) qu'il a ensuite traduit en castillan sous le titre *Esperando el cierzo* (2007) dont voici la traduction française après celle en russe.

Il est l'un des fondateurs de la revue *Andalán* et du *Consello d'a fabla aragonesa* (Conseil de la langue aragonaise). Il a aussi mené un intense travail de recherche sur le folklore et fondé l'association Vieux Sobrabe.

Comme historien, il a publié de nombreux articles sur l'histoire médiévale ainsi que trois œuvres principales : *La Encomienda del Temple de Huesca* (1986), *La aljama de Moros de Huesca* (1992) et *Los moriscos de la ciudad de Huesca: una convivencia rota* (2009).

En 2008, un livre collectif «*Una isla de libertad*» lui a rendu hommage, présentant son rôle, ses actions et l'inffluence qui est la sienne sur toute une génération de dirigeants politiques et culturels de l'après-franquisme.

Il a reçu en 2009 la Médaille d'or du Mérite culturel décernée par le gouvernement aragonais pour l'ensemble de son œuvre.

www.laramonda.com

Éditions de la ramonda
3, allée Marie Laurent, 75020 Paris

Maquette et réalisation graphique : La ramonda
Les photos de couverture sont de Charles Mérigot
(Sierra de Guara et feuille dans le parc Michel Servet de
Huesca)

Achevé d'imprimer en octobre 2009
GDS imprimeurs, Limoges

15 €

ISBN : 2-916306-08-7
Dépôt légal : 200910017
octobre 2009